Хозяйка

Колонка:

Оригинал © 2023 India Books India Publ. Corp.

ISBN: 978-1-64439-674-2

Федор Достоевский

СОДЕРЖАНИЕ

ХОЗЯЙКА

ЧАСТЬ ПЕРВАЯ

I

Ордынов решился наконец переменить квартиру. Хозяйка его, очень бедная пожилая вдова и чиновница, у которой он нанимал помещение, по непредвиденным обстоятельствам уехала из Петербурга куда-то в глушь, к родственникам, не дождавшись первого числа, — срока найма своего. Молодой человек, доживая срочное время, с сожалением думал о старом угле и досадовал на то, что приходилось оставить его: он был беден, а квартира была дорога. На другой же день после отъезда хозяйки он взял фуражку и пошел бродить по петербургским переулкам, высматривая все ярлычки, прибитые к воротам домов, и выбирая дом почернее, полюднее и капитальнее, в котором всего удобнее было найти требуемый угол у каких-нибудь бедных жильцов.

Он уже долго искал, весьма прилежно, но скоро новые, почти незнакомые ощущения посетили его. Сначала рассеянно и небрежно, потом со вниманием, наконец с сильным любопытством стал он смотреть кругом себя. Толпа и уличная жизнь, шум, движение, новость предметов, новость положения — вся эта мелочная жизнь и обыденная дребедень, так давно наскучившая деловому и занятому петербургскому человеку, бесплодно, но хлопотливо всю жизнь свою отыскивающему средств умириться, стихнуть и успокоиться где-нибудь в теплом гнезде, добытом трудом, потом и разными другими средствами, — вся эта пошлая проза и скука возбудила в нем, напротив, какое-то тихо-радостное, светлое ощущение. Бледные щеки его стали покрываться легким румянцем, глаза

1

заблестели как будто новой надеждой, и он с жадностью, широко стал вдыхать в себя холодный, свежий воздух. Ему сделалось необыкновенно легко.

Он всегда вел жизнь тихую, совершенно уединенную. Года три назад, получив свою ученую степень и став по возможности свободным, он пошел к одному старичку, которого доселе знал понаслышке, и долго ждал, покамест ливрейный камердинер согласился доложить о нем в другой раз. Потом он вошел в высокую, темную и пустынную залу, крайне скучную, как еще бывает в старинных, уцелевших, от времени фамильных, барских домах, и увидел в ней старичка, увешанного орденами и украшенного сединой, друга и сослуживца его отца и опекуна своего. Старичок вручил ему щепоточку денег. Сумма оказалась очень ничтожною; это был остаток проданного с молотка за долги прадедовского наследия. Ордынов равнодушно вступил во владение, навсегда откланялся опекуну своему и вышел на улицу. Вечер был осенний, холодный и мрачный; молодой человек был задумчив, и какая-то бессознательная грусть надрывала его сердце. В глазах его был огонь; он чувствовал лихорадку, озноб и жар попеременно. Он рассчитал дорогою, что может прожить своими средствами года два-три, даже, с голодом пополам, и четыре. Смерклось, накрапывал дождь. Он сторговал первый встречный угол и через час переехал. Там он как будто заперся в монастырь, как будто отрешился от света. Через два года он одичал совершенно.

Он одичал, не замечая того; ему покамест и в голову не приходило, что есть другая жизнь — шумная, гремящая, вечно волнующаяся, вечно меняющаяся, вечно зовущая и всегда, рано ли, поздно ли, неизбежная. Он, правда, не мог не слыхать о ней, но не знал и не искал ее никогда. С самого детства он жил исключительно; теперь эта исключительность определилась. Его пожирала страсть самая глубокая, самая ненасытимая, истощающая всю жизнь человека и не выделяющая таким существам, как Ордынов, ни одного угла в сфере другой, практической, житейской деятельности. Эта страсть была — наука. Она снедала покамест его молодость, медленным, упоительным ядом отравляла ночной покой, отнимала у него здоровую пищу и свежий воздух, которого никогда не бывало в его душном углу, и Ордынов в упоении страсти своей не хотел замечать того. Он был молод и покамест не требовал большего. Страсть сделала его младенцем для внешней жизни и уже навсегда неспособным заставить посторониться иных добрых людей, когда придет к тому надобность, чтоб отмежевать себе между них хоть какой-нибудь угол. Наука иных ловких людей — капитал в руках; страсть Ордынова была обращенным на него же оружием.

В нем было более бессознательного влечения, нежели логически отчетливой причины учиться и знать, как и во всякой другой, даже самой мелкой деятельности, доселе его занимавшей. Еще в детских летах он прослыл чудаком и был непохож на товарищей. Родителей он не знал; от товарищей за свой странный, нелюдимый характер терпел он бесчеловечность и грубость, отчего сделался действительно нелюдим и угрюм и мало-помалу ударился в исключительность. Но в уединенных занятиях его никогда, даже и теперь, не было порядка и определенной системы; теперь был один только первый восторг, первый жар, первая горячка художника. Он сам создавал себе систему; она выживалась в нем годами, и в душе его уже мало-помалу восставал еще темный, неясный, но как-то дивно-отрадный образ идеи, воплощенной в новую, просветленную форму, и эта форма просилась из души его, терзая эту душу; он еще робко чувствовал оригинальность, истину и самобытность ее: творчество уже сказывалось силам его; оно формировалось и крепло. Но срок воплощения и создания был еще далек, может быть, очень далек, может быть, совсем невозможен!

Теперь он ходил по улицам, как отчужденный, как отшельник, внезапно вышедший из своей немой пустыни в шумный и гремящий город. Всё ему казалось ново и странно. Но он до того был чужд тому миру, который кипел и грохотал кругом него, что даже не подумал удивиться своему странному ощущению. Он как будто не замечал своего дикарства;

напротив, в нем родилось какое-то радостное чувство, какое-то охмеление, как у голодного, которому после долгого поста дали пить и есть; хотя, конечно, странно было, что такая мелочная новость положения, как перемена квартиры, могла отуманить и взволновать петербургского жителя, хотя б и Ордынова; но правда и то, что ему до сих пор почти ни разу не случалось выходить по делам.

Всё более и более ему нравилось бродить по улицам. Он глазел на всё как фланер.

Но и теперь, верный своей всегдашней настроенности, он читал в ярко раскрывавшейся перед ним картине, как в книге между строк. Всё поражало его; он не терял ни одного впечатления и мыслящим взглядом смотрел на лица ходящих людей, всматривался в физиономию всего окружающего, любовно вслушивался в речь народную, как будто поверяя на всем свои заключения, родившиеся в тиши уединенных ночей. Часто какая-нибудь мелочь поражала его, рождала идею, и ему впервые стало досадно за то, что он так заживо погреб себя в своей келье. Здесь всё шло скорее; пульс его был полон и быстр, ум, подавленный одиночеством, изощряемый и возвышаемый лишь напряженною, экзальтированной деятельностью, работал теперь скоро, покойно и смело. К тому же ему как-то бессознательно хотелось втеснить как-нибудь и себя в эту для него чуждую жизнь, которую он доселе знал или, лучше сказать, только верно предчувствовал инстинктом художника. Сердце его невольно забилось тоскою любви и сочувствия. Он внимательнее вглядывался в людей, мимо него проходивших; но люди были чужие, озабоченные и задумчивые... И мало-помалу беспечность Ордынова стала невольно упадать; действительность уже подавляла его, вселяла в него какой-то невольный страх уважения. Он стал уставать от наплыва новых впечатлений, доселе ему неведомых, как больной, который радостно встал в первый раз с болезненного одра своего и упал, изнеможенный светом, блеском, вихрем жизни, шумом и пестротою пролетавшей мимо него толпы, отуманенный, закруженный движением. Ему стало тоскливо и грустно. Он начал бояться за всю свою жизнь, за всю свою деятельность и даже за будущность. Новая мысль убивала покой его. Ему вдруг пришло в голову, что всю жизнь свою он был одинок, что никто не любил его, да и ему никого не удавалось любить. Иные из прохожих, с которыми он случайно вступал в разговоры в начале прогулки, смотрели на него грубо и странно. Он видел, что его принимали за сумасшедшего или за оригинальнейшего чудака, что, впрочем, было совсем справедливо. Он вспомнил, что и всегда всем было как-то тяжело в его присутствии, что еще и в детстве все бежали его за его задумчивый, упорный характер, что тяжело, подавленно и неприметно другим проявлялось его сочувствие, которое было в нем, но в котором как-то никогда не было приметно нравственного равенства, что мучило его еще ребенком, когда он никак не походил на других детей, своих сверстников. Теперь он вспомнил и сообразил, что и всегда, во всякое время, все оставляли и обходили его.

Неприметно зашел он в один отдаленный от центра города конец Петербурга. Кое-как пообедав в уединенном трактире, он вышел опять бродить. Опять прошел он много улиц и площадей. За ними потянулись длинные желтые и серые заборы, стали встречаться совсем ветхие избенки вместо богатых домов и вместе с тем колоссальные здания под фабриками, уродливые, почерневшие, красные, с длинными трубами. Всюду было безлюдно и пусто; всё смотрело как-то угрюмо и неприязненно: по крайней мере так казалось Ордынову. Был уже вечер. Одним длинным переулком он вышел на площадку, где стояла приходская церковь.

Он вошел в нее рассеянно. Служба только что кончилась; церковь была почти совсем пуста, и только две старухи стояли еще на коленях у входа. Служитель, седой старичок, тушил свечи. Лучи заходящего солнца широкою струею лились сверху сквозь узкое окно купола и освещали морем блеска один из приделов; но они слабели всё более и более, и чем чернее становилась мгла, густевшая под сводами храма, тем ярче блистали местами раззолоченные иконы, озаренные трепетным заревом лампад и свечей. В припадке глубоко волнующей

5

тоски и какого-то подавленного чувства Ордынов прислонился к стене в самом темном углу церкви и забылся на мгновение. Он очнулся, когда мерный, глухой звук двух вошедших прихожан раздался под сводами храма. Он поднял глаза, и какое-то невыразимое любопытство овладело им при взгляде на двух пришельцев. Это были старик и молодая женщина. Старик был высокого роста, еще прямой и бодрый, но худой и болезненно бледный. С вида его можно было принять за заезжего откуда-нибудь издалека купца. На нем был длинный, черный, очевидно праздничный, кафтан на меху, надетый нараспашку. Из-под кафтана виднелась какая-то другая длиннополая русская одежда, плотно застегнутая снизу до верха. Голая шея была небрежно повязана ярким красным платком; в руках меховая шапка. Длинная, тонкая, полуседая борода падала ему на грудь, и из-под нависших, хмурых бровей сверкал взгляд огневой, лихорадочно воспаленный, надменный и долгий. Женщина была лет двадцати и чудно прекрасна. На ней была богатая, голубая, подбитая мехом шубейка, а голова покрыта белым атласным платком, завязанным у подбородка. Она шла, потупив глаза, и какая-то задумчивая важность, разлитая во всей фигуре ее, резко и печально отражалась на сладостном контуре детски-нежных и кротких линий лица ее. Что-то странное было в этой неожиданной паре.

Старик остановился посреди церкви и поклонился на все четыре стороны, хотя церковь была совершенно пуста; то же сделала и его спутница. Потом он взял ее за руку и повел к большому местному образу богородицы, во имя которой была построена церковь, сиявшему у алтаря ослепительным блеском огней, отражавшихся на горевшей золотом и драгоценными камнями ризе. Церковнослужитель, последний оставшийся в церкви, поклонился старику с уважением; тот кивнул ему головою. Женщина упала ниц перед иконой. Старик взял конец покрова, висевшего у подножия иконы, и накрыл ее голову. Глухое рыдание раздалось в церкви.

Ордынов был поражен торжественностью всей этой сцены и с нетерпением ждал ее окончания. Минуты через две женщина подняла голову, и опять яркий свет лампады озарил прелестное лицо ее. Ордынов вздрогнул и ступил шаг вперед. Она уже подала руку старику, и оба тихо пошли из церкви. Слезы кипели в ее темных синих глазах, опушенных длинными, сверкавшими на млечной белизне лица ресницами, и катились по побледневшим щекам. На губах ее мелькала улыбка; но в лице заметны были следы какого-то детского страха и таинственного ужаса. Она робко прижималась к старику, и видно было, что она вся дрожала от волнения.

Пораженный, бичуемый каким-то неведомо сладостным и упорным чувством, Ордынов быстро пошел вслед за ними и на церковной паперти перешел им дорогу. Старик поглядел на него неприязненно и сурово; она тоже взглянула на него, но без любопытства и рассеянно, как будто другая, отдаленная мысль занимала ее. Ордынов пошел вслед за ними, сам не понимая своего движения. Уже совершенно смерклось; он шел поодаль. Старик и молодая женщина вошли в большую, широкую улицу, грязную, полную разного промышленного народа, мучных лабазов и постоялых дворов, которая вела прямо к заставе, и повернули из нее в узкий, длинный переулок с длинными заборами по обеим сторонам его, упиравшийся в огромную почерневшую стену четырехэтажного капитального дома, сквозными воротами которого можно было выйти на другую, тоже большую и людную улицу. Они уже подходили к дому; вдруг старик оборотился и с нетерпением взглянул на Ордынова. Молодой человек остановился как вкопанный; ему самому показалось странным его увлечение. Старик оглянулся другой раз, как будто желая увериться, произвела ли действие угроза его, и потом оба, он и молодая женщина, вошли через узкие ворота во двор дома. Ордынов вернулся назад.

Он был в самом неприятном расположении духа и досадовал на самого себя, соображая, что потерял день напрасно, напрасно устал и вдобавок кончил глупостью, придав смысл целого приключения происшествию более чем обыкновенному.

Как ни досадовал он на себя поутру за свою одичалость, но

в инстинкте его было бежать от всего, что могло развлечь, поразить и потрясти его во внешнем, не внутреннем, художественном мире его. Теперь с грустью и с каким-то раскаянием подумал он о своем безмятежном угле; потом напала на него тоска и забота о неразрешенном положении его, о предстоявших хлопотах, и вместе с тем стало досадно, что такая мелочь могла его занимать. Наконец, усталый и не в состоянии связать двух идей, добрел он уже поздно до квартиры своей и с изумлением спохватился, что прошел было, не замечая того, мимо дома, в котором жил. Ошеломленный и покачивая головою на свою рассеянность, он приписал ее усталости и, подымаясь на лестницу, вошел наконец на чердак, в свою комнату. Там он зажег свечу — и через минуту образ плачущей женщины ярко поразил его воображение. Так пламенно, так сильно было впечатление, так любовно воспроизвело его сердце эти кроткие, тихие черты лица, потрясенного таинственным умилением и ужасом, облитого слезами восторга или младенческого покаяния, что глаза его помутились и как будто огонь пробежал по всем его членам. Но видение продолжалось недолго. После восторга настало размышление, потом досада, потом какая-то бессильная злость; не раздеваясь, завернулся он в одеяло и бросился на жесткую постель свою...

Ордынов проснулся уже довольно поздно утром в раздраженном, робком и подавленном состоянии духа, собрался наскоро, почти насильно стараясь думать о насущных заботах своих, и отправился в сторону, противоположную вчерашнему своему путешествию; наконец он отыскал себе квартиру где-то в светелке у бедного немца, по прозвищу Шпис, жившего с дочерью Тинхен. Шпис, получив задаток, тотчас же снял ярлык, прибитый на воротах и приглашавший наемщиков, похвалил Ордынова за любовь к наукам и обещал сам усердно позаняться с ним. Ордынов сказал, что переедет к вечеру. Оттуда он пошел было домой, но раздумал и поворотил в другую сторону; бодрость воротилась к нему, и он сам мысленно улыбнулся своему любопытству. Дорога в нетерпении показалась ему чрезвычайно длинною; наконец он дошел до церкви, в которой был вчера вечером. Служили обедню. Он выбрал место, с которого мог видеть почти всех молящихся; но тех, которых он искал, не было. После долгого ожидания он вышел краснея. Упорно подавляя в себе какое-то невольное чувство, упрямо и насильно старался он переменить ход мыслей своих. Раздумывая об обыденном, житейском, он вспомнил, что ему пора обедать, и, почувствовав, что действительно голоден, зашел в тот же самый трактир, в котором обедал вчера. Он уже и не помнил после, как вышел оттуда. Долго и бессознательно бродил он по улицам, по людным и безлюдным переулкам и наконец зашел в глушь, где уже не было города и где расстилалось пожелтевшее поле; он очнулся, когда мертвая тишина поразила его новым, давно неведомым ему впечатлением. День был сухой и морозный, какой нередко бывает в петербургском октябре. Неподалеку была изба; возле нее два стога сена; маленькая круторебрая лошаденка, понуря голову, с отвислой губой, стояла без упряжи подле двуколесной таратайки, казалось, об чем-то раздумывая. Дворная собака ворча грызла кость вблизи разбитого колеса, и трехлетний ребенок в одной рубашонке, почесывая свою белую мохнатую голову, с удивлением глядел на зашедшего одинокого горожанина. За избой тянулись поля и огороды. На краю синих небес чернелись леса, а с противоположной стороны находили мутные снежные облака, как будто гоня перед собою стаю перелетных птиц, без крика, одна за другою, пробиравшихся по небу. Всё было тихо и как-то торжественно-грустно, полно какого-то замиравшего, притаившегося ожидания... Ордынов пошел было дальше и дальше; но пустыня только тяготила его. Он повернул назад, в город, из которого вдруг понесся густой гул колоколов, сзывавших к вечернему богослужению, удвоил шаги и через несколько времени опять вошел в храм, так знакомый ему со вчерашнего дня.

Незнакомка его была уже там.

Она стояла на коленях у самого входа между толпой

молившихся. Ордынов протеснился сквозь густую массу нищих, старух в лохмотьях, больных и калек, ожидавших у церковных дверей милостыни, и стал на колени возле незнакомки. Одежда его касалась ее одежды, и он слышал порывистое дыхание, вылетавшее из ее уст, шептавших горячую молитву. Черты лица ее по-прежнему были потрясены чувством беспредельной набожности, и слезы опять катились и сохли на горячих щеках ее, как будто омывая какое-нибудь страшное преступление. В том месте, где стояли они оба, было совершенно темно, и только по временам тусклое пламя лампады, колеблемое ветром, врывавшимся через отворенное узкое стекло окна, озаряло трепетным блеском лицо ее, которого каждая черта врезалась в память юноши, мутила зрение его и глухою, нестерпимою болью надрывала его сердце. Но в этом мучении было свое исступленное упоение. Наконец он не мог выдержать; вся грудь его задрожала и изныла в одно мгновение в неведомо сладостном стремлении, и он, зарыдав, склонился воспаленной головой своей на холодный помост церкви. Он не слыхал и не чувствовал ничего, кроме боли в сердце своем, замиравшем в сладостных муках.

Одиночеством ли развилась эта крайняя впечатлительность, обнаженность и незащищенность чувства; приготовлялась ли в томительном, душном и безвыходном безмолвии долгих, бессонных ночей, среди бессознательных стремлений и нетерпеливых потрясений духа, эта порывчатость сердца, готовая наконец разорваться или найти излияние; и так должно было быть ей, как внезапно в знойный, душный день вдруг зачернеет всё небо и гроза разольется дождем и огнем на взалкавшую землю, повиснет перлами дождя на изумрудных ветвях, сомнет траву, поля, прибьет к земле нежные чашечки цветов, чтоб потом, при первых лучах солнца, всё, опять оживая, устремилось, поднялось навстречу ему и торжественно, до неба послало ему свой роскошный, сладостный фимиам, веселясь и радуясь обновленной своей жизни... Но Ордынов не мог бы теперь и подумать, что с ним делается: он едва сознавал себя...

Он почти не заметил, как кончилось богослужение, и очнулся, продираясь за своей незнакомкой сквозь сплотившуюся у входа толпу. Порой он встречал ее удивленный и светлый взгляд. Останавливаемая поминутно выходившим народом, она не раз оборачивалась к нему; видно было, как всё сильнее и сильнее росло ее удивление, и вдруг она вся вспыхнула, будто заревом. В эту минуту вдруг из толпы явился опять вчерашний старик и взял ее за руку. Ордынов опять встретил желчный и насмешливый взгляд его, и какая-то странная злоба вдруг стеснила ему сердце. Наконец он потерял их в темноте из вида; тогда, в неестественном усилии, он рванулся вперед и вышел из церкви. Но свежий вечерний воздух не мог освежить его: дыхание спиралось и сдавливалось в его груди, и сердце стало биться медленно и крепко, как будто хотело пробить ему грудь. Наконец он увидел, что действительно потерял своих незнакомцев; ни в улице, ни в переулке их уже не было. Но в голове Ордынова уже явилась мысль, сложился один из тех решительных, странных планов, которые хотя и всегда сумасбродны, но зато почти всегда успевают и выполняются в подобных случаях; назавтра в восемь часов утра он подошел к дому со стороны переулка и вошел на узенький, грязный и нечистый задний дворик, нечто вроде помойной ямы в доме. Дворник, что-то делавший на дворе, приостановился, уперся подбородком на ручку своей лопаты, оглядел Ордынова с ног до головы и спросил его, что ему надо.

Дворник был молодой малый, лет двадцати пяти, с чрезвычайно старообразным лицом, сморщенный, маленький, татарин породою.

— Ищу квартиру, — отвечал с нетерпением Ордынов.

— Которая? — спросил дворник с усмешкою. Он смотрел на Ордынова так, как будто знал всё его дело.

— Нужно от жильцов, — отвечал Ордынов.

— На том дворе нет, — отвечал загадочно дворник.

— А здесь?

— И здесь нет. — Тут дворник принялся за лопату.

— А может быть, и уступят, — сказал Ордынов, давая дворнику гривенник.

Татарин взглянул на Ордынова, взял гривенник, потом опять взялся за лопату и после некоторого молчания объявил, что "нет, нету квартира". Но молодой человек уже не слушал его; он шел по гнилым, трясучим доскам, лежавшим в луже, к единственному выходу на этот двор из флигеля дома, черному, нечистому, грязному, казалось, захлебнувшемуся в луже. В нижнем этаже жил бедный гробовщик. Миновав его остроумную мастерскую, Ордынов по полуразломанной, скользкой, винтообразной лестнице поднялся в верхний этаж, ощупал в темноте толстую, неуклюжую дверь, покрытую рогожными лохмотьями, нашел замок и приотворил ее. Он не ошибся. Перед ним стоял ему знакомый старик и пристально, с крайним удивлением смотрел на него.

— Что тебе? — спросил он отрывисто и почти шепотом.

— Есть квартира?.. — спросил Ордынов, почти забыв всё, что хотел сказать. Он увидал из-за плеча старика свою незнакомку.

Старик молча стал затворять дверь, вытесняя ею Ордынова.

— Есть квартира, — раздался вдруг ласковый голос молодой женщины.

Старик освободил дверь.

— Мне нужен угол, — сказал Ордынов, поспешно входя в комнату и обращаясь к красавице.

Но он остановился в изумлении как вкопанный, взглянув на будущих хозяев своих; в глазах его произошла немая, поразительная сцена. Старик был бледен как смерть, как будто готовый лишиться чувств. Он смотрел свинцовым, неподвижным, пронзающим взглядом на женщину. Она тоже побледнела сначала; но потом вся кровь бросилась ей в лицо и глаза ее как-то странно сверкнули. Она повела Ордынова в другую каморку.

Вся квартира состояла из одной довольно обширной комнаты, разделенной двумя перегородками на три части; из сеней прямо входили в узенькую, темную прихожую; прямо была дверь за перегородку, очевидно в спальню хозяев. Направо, через прихожую, проходили в комнату, которая отдавалась внаймы. Она была узенькая и тесная, приплюснутая перегородкою к двум низеньким окнам. Всё было загромождено и заставлено необходимыми во всяком житье предметами; было бедно, тесно, но по возможности чисто. Мебель состояла из простого белого стола, двух простых стульев и залавка по обеим сторонам стен. Большой старинный образ с позолоченным венчиком стоял над полкой в углу, и перед ним горела лампада. В отдаваемой комнате, и частию в прихожей, помещалась огромная, неуклюжая русская печь. Ясно было, что троим в такой квартире нельзя было жить.

Они стали уговариваться, но бессвязно и едва понимая друг друга. Ордынов за два шага от нее слышал, как стучало ее сердце; он видел, что она вся дрожала от волнения и как будто от страха. Наконец кое-как сговорились. Молодой человек объявил, что он сейчас переедет, и взглянул на хозяина. Старик стоял в дверях всё еще бледный; но тихая, даже задумчивая улыбка прокрадывалась на губах его. Встретив взгляд Ордынова, он опять нахмурил брови.

— Есть паспорт? — спросил он вдруг громким, отрывистым голосом, отворяя ему дверь в сени.

— Да! — отвечал Ордынов, немного озадаченный.

— Кто ты таков?

— Василий Ордынов, дворянин, не служу, по своим делам, — отвечал он, подделываясь под тон старика.

— И я тоже, — отвечал старик. — Я Илья Мурин, мещанин; довольно с тебя? Ступай...

Через час Ордынов уже был на новой квартире, к удивлению своему и своего немца, который уже начинал подозревать, вместе с покорною Тинхен, что навернувшийся жилец обманул его. Ордынов же сам не понимал, как всё это сделалось, да и не хотел понимать...

II

Сердце его так билось, что в глазах зеленело и голова шла кругом. Машинально занялся он размещением своего скудного имущества в новой квартире, развязал узел с разным необходимым добром, отпер сундук с книгами и стал укладывать их на стол; но скоро вся эта работа выпала из рук его. Поминутно сиял в его глазах образ женщины, встреча с которою взволновала и потрясла всё его существование, который наполнял его сердце таким неудержимым, судорожным восторгом, — столько счастья прихлынуло разом в скудную жизнь его, что мысли его темнели и дух замирал в тоске и смятении. Он взял свой паспорт и понес к хозяину в надежде взглянуть на нее. Но Мурин едва приотворил дверь, взял у него бумагу, сказал ему: "Хорошо, живи с миром", и снова заперся в своей комнате. Какое-то неприятное чувство овладело Ордыновым. Неизвестно почему, ему стало тяжело глядеть на этого старика. В его взгляде было что-то презрительное и злобное. Но неприятное впечатление скоро рассеялось. Уж третий день, как Ордынов жил в каком-то вихре в сравнении с прежним затишьем его жизни; но рассуждать он не мог и даже боялся. Всё сбилось и перемешалось в его существовании; он глухо чувствовал, что вся его жизнь как будто переломлена пополам; одно стремление, одно ожидание овладело им, и другая мысль его не смущала.

В недоумении воротился он в свою комнату. Там, у печки, в которой стряпалось кушанье, хлопотала маленькая сгорбленная старушонка, такая грязная и в таком отвратительном отребье, что жалко было смотреть на нее. Она, казалось, была очень зла и по временам что-то ворчала, шамкая губами, себе под нос. Это была хозяйская работница. Ордынов попробовал было заговорить с нею, но она промолчала, очевидно со зла. Наконец настал час обеда; старуха вынула из печи щи, пироги и говядину и понесла к хозяевам. Того же подала и Ордынову. После обеда в квартире настала мертвая тишина.

Ордынов взял в руки книгу и долго переворачивал листы, стараясь доискаться смысла в том, что читал уже несколько раз. В нетерпении он отбросил книгу и опять попробовал было прибирать свои пожитки; наконец взял фуражку, надел шинель и вышел на улицу. Идя наудачу, не видя дороги, он всё старался, по возможности, сосредоточиться духом, свести свои разбитые мысли и хоть немного рассудить о своем положении. Но усилие только повергало его в страдание, в пытку. Озноб и жар овладевали им попеременно, и по временам сердце начинало вдруг стучать так, что приходилось прислониться к стене. "Нет, лучше смерть, — думал он, — лучше смерть", — шептал он воспаленными, дрожащими губами, мало думая о том, что говорит. Он ходил очень долго; наконец, почувствовав, что промок до костей, и заметив в первый раз, что дождь идет ливнем, воротился домой. Неподалеку от дома он увидел своего дворника. Ему показалось, что татарин несколько времени пристально и с любопытством смотрел на него и потом пошел своею дорогою, когда заметил, что его увидали.

— Здравствуй, — сказал Ордынов, нагнав его. — Как тебя зовут?

— Дворник зовут, — отвечал тот, скаля зубы.

— Ты давно здесь дворником?

— Давно.

— Хозяин мой мещанин?

— Мещанин, коли сказывал.

— Что ж он делает?

— Больна; живет, бога молит, — вот.

— А это жена его?

— Какая жена?

— Что с ним живет?

— Же-на, коли сказывал. Прощай, барин.

Татарин тронул шапку и вошел в конуру свою.

Ордынов вошел в свою квартиру. Старуха, шамкая и что-то ворча про себя, отворила ему дверь, опять заперла ее на щеколду и полезла на печь, на которой доживала свой век. Уже смеркалось. Ордынов пошел достать огня и увидел, что дверь к хозяевам заперта на замок. Он кликнул старуху, которая, приподнявшись на локоть, зорко смотрела на него с печки, казалось, раздумывая, что бы ему нужно было у хозяйского замка; она молча сбросила ему пачку спичек. Он воротился в комнату и принялся опять, в сотый раз, за свои вещи и книги. Но мало-помалу, недоумевая, что с ним делается, присел на лавку, и ему показалось, что он заснул. По временам приходил он в себя и догадывался, что сон его был не сон, а какое-то мучительное, болезненное забытье. Он слышал, как стукнула дверь, как отворилась она, и догадался, что это воротились хозяева от вечерни. Тут ему пришло в голову, что нужно было пойти к ним зачем-то. Он привстал, и показалось ему, что он уже идет к ним, но оступился и упал на кучу дров, брошенных старухою среди комнаты. Тут он совершенно забылся и, раскрыв глаза после долгого-долгого времени, с удивлением заметил, что лежит на той же лавке, так, как был, одетый, и что над ним с нежною заботливостию склонялось лицо женщины, дивно прекрасное и как будто всё омоченное тихими, материнскими слезами. Он слышал, как положили ему под голову подушку и одели чем-то теплым и как чья-то нежная рука легла на горячий лоб его. Он хотел поблагодарить, он хотел взять эту руку, поднести к запекшимся губам своим, омочить ее слезами и целовать, целовать целую вечность. Ему хотелось что-то много сказать, но что такое — он сам не знал того; ему захотелось умереть в эту минуту. Но руки его были как свинцовые и не двигались; он как будто онемел и слышал только, как разлетается кровь его по всем жилам, как будто приподымая его на постели. Кто-то дал ему воды... Наконец он впал в беспамятство.

Он проснулся поутру часов в восемь. Солнце сыпало золотым снопом лучи свои сквозь зеленые, заплесневелые окна его комнаты; какое-то отрадное ощущение нежило все члены больного. Он был спокоен и тих, бесконечно счастлив. Ему казалось, что кто-то был сейчас у его изголовья. Он проснулся, заботливо ища вокруг себя это невидимое существо; ему так хотелось обнять своего друга и сказать первый раз в жизни: "Здравствуй, добрый день тебе, мой милый".

— Как же ты долго спишь! — сказал нежный женский голос. Ордынов оглянулся, и к нему склонилось с приветливою и светлою, как солнце, улыбкою лицо красавицы хозяйки его.

— Как ты долго был болен, — говорила она, — полно, вставай; что неволишь себя? Волюшка хлеба слаще, солнца краше. Вставай, голубь мой, вставай.

Ордынов схватил и крепко сжал ее руку. Ему казалось, что он всё еще видит сон.

— Подожди, я тебе чаю готовила; хочешь чаю? Захоти; тебе лучше будет. Я сама хворала и знаю.

— Да, дай мне пить, — сказал Ордынов слабым голосом и стал на ноги. Он еще был очень слаб. Озноб пробежал по спине его, все члены его болели и как будто были разбиты. Но на сердце его было ясно, и лучи солнца, казалось, согревали его какою-то торжественною, светлою радостью. Он чувствовал, что новая, сильная, невидимая жизнь началась для него. Голова его слегка закружилась.

— Ведь тебя зовут Васильем? — спросила она, — я иль ослышалась, иль, сдается, тебя хозяин так вчера назвал.

— Да, Василий. А тебя как зовут? — сказал Ордынов, приближаясь к ней и едва устояв на ногах. Он покачнулся. Она схватила его за руки, поддержала и засмеялась.

— Меня Катериной, — сказала она, смотря ему в глаза своими большими, ясными, голубыми глазами. Оба держали друг друга за руки.

— Ты мне хочешь что-то сказать? — проговорила она наконец.

— Не знаю, — отвечал Ордынов. У него помутилось зрение.

— Видишь какой. Полно, голубь мой, полно; не горюй, не тужи; садись сюда, к солнцу, за стол; сиди смирно, а за мной не ходи, — прибавила она, видя, что молодой человек сделал движение, как будто удерживая ее, — я сейчас сама к тебе буду; успеешь на меня наглядеться. — Через минуту она принесла чаю, поставила на стол и села напротив его.

— На, напейся, — сказала она. — Что, болит твоя голова?

— Нет, теперь не болит, — сказал он. — Не знаю, может

быть, и болит... я не хочу... полно, полно!.. Я и не знаю, что со мною. — говорил он, задыхаясь и отыскав наконец ее руку, — будь здесь, не уходи от меня; дай, дай мне опять твою руку... У меня в глазах темнеет; я на тебя как на солнце смотрю, — сказал он, как будто отрывая от сердца слова свои, замирая от восторга, когда их говорил. Рыдания сдавливали ему горло.

— Бедный какой! Знать, не жил ты с человеком хорошим. Ты один-одинешенек; нет у тебя родичей?

— Нет никого; я один... ничего, пусть! теперь лучше... хорошо мне теперь! — говорил Ордынов, будто в бреду. Комната как будто ходила кругом него.

— Я сама много лет людей не видала. Ты так глядишь на меня... — проговорила она после минутного молчания.

— Ну... что же?

— Как будто греют тебя мои очи! Знаешь, когда любишь кого... Я тебя с первых слов в сердце мое приняла. Заболеешь, опять буду ходить за тобой. Только ты не болей, нет. Встанешь, будем жить, как брат и сестра. Хочешь? Ведь сестру трудно нажить, как бог родив не дал.

— Кто ты? откуда ты? — проговорил Ордынов слабым голосом.

— Я не здешняя... что тебе! Знаешь, люди рассказывают, как жили двенадцать братьев в темном лесу и как заблудилась в том лесу красная девица. Зашла она к ним и прибрала им всё в доме, любовь свою на всем положила. Пришли братья и спознали, что сестрица у них день прогостила. Стали ее выкликать, она к ним вышла. Нарекли ее все сестрой, дали ей волюшку, и всем она была ровня. Знаешь ли сказку?

— Знаю, — прошептал Ордынов.

— Жить хорошо; любо ль тебе на свете жить?

— Да, да; век жить, долго жить, — отвечал Ордынов.

— Не знаю, — сказала задумчиво Катерина, — я бы и смерти хотела. Хорошо жизнь любить и добрых людей любить, да... Смотри, ты опять, как мука, побелел!

— Да, голова кругом ходит...

— Постой, я тебе мою постель принесу и подушку —

другую; здесь и постелю. Заснешь, обо мне приснится; недуг отойдет. Наша старуха тоже больна...

Она еще говорила, как уже начала готовить постель, по временам с улыбкой смотря через плечо на Ордынова.

— Сколько у тебя книг! — сказала она, сдвигая сундук.

Она подошла к нему, схватила его правой рукой, подвела к постели, уложила и одела одеялом.

— Говорят, книги человека портят, — говорила она, задумчиво покачивая головою. — Ты любишь в книгах читать?

— Да, — отвечал Ордынов, не зная, спит он или нет, и крепче сжимая руку Катерины, чтоб уверить себя, что не спит.

— У хозяина моего много книг; видишь какие! он говорит, что божественные. Он мне всё читает из них. Я потом тебе покажу; ты мне расскажешь после, что он мне в них всё читает?

— Расскажу, — прошептал Ордынов, неотступно смотря на нее.

— Ты любишь молиться? — спросила она после минутного молчания. — Знаешь что? Я всё боюсь, всё боюсь...

Она не договорила, казалось размышляя о чем-то. Ордынов поднес наконец ее руку к губам своим.

— Что ты мою руку целуешь? (И щеки ее слегка заалели.) На, целуй ее, — продолжала она, смеясь и подавая ему обе руки; потом высвободила одну и приложила ее к горячему лбу его, потом стала расправлять и приглаживать его волосы. Она краснела более и более; наконец присела на полу у постели его и приложила свою щеку к его щеке; теплое, влажное дыхание ее шелестило по его лицу... Вдруг Ордынов почувствовал, что горячие слезы градом полились из ее глаз и падали, как растопленный свинец, на его щеки. Он слабел более и более; он уже не мог двинуть рукою. В это время раздался стук в дверь и загремела задвижка. Ордынов еще мог слышать, как старик, его хозяин, вошел за перегородку. Он слышал потом, что Катерина привстала, не спеша и не смущаясь, взяла свои книги, слышал, как она перекрестила его уходя; он закрыл глаза. Вдруг горячий, долгий поцелуй загорелся на воспаленных губах его, как будто ножом его ударили в сердце. Он слабо вскрикнул и лишился чувств...

Потом началась для него какая-то странная жизнь.

Порой, в минуту неясного сознания, мелькало в уме его, что он осужден жить в каком-то длинном, нескончаемом сне, полном странных, бесплодных тревог, борьбы и страданий. В ужасе он старался восстать против рокового фатализма, его гнетущего, и в минуту напряженной, самой отчаянной борьбы какая-то неведомая сила опять поражала его, и он слышал, чувствовал ясно, как он снова теряет память, как вновь непроходимая, бездонная темень разверзается перед ним и он бросается в нее с воплем тоски и отчаяния. Порой мелькали мгновения невыносимого, уничтожающего счастья, когда жизненность судорожно усиливается во всем составе человеческом, яснеет прошедшее, звучит торжеством, весельем настоящий светлый миг и снится наяву неведомое грядущее; когда невыразимая надежда падает живительной росой на душу; когда хочешь вскрикнуть от восторга; когда чувствуешь, что немощна плоть пред таким гнетом впечатлений, что разрывается вся нить бытия, и когда вместе с тем поздравляешь всю жизнь свою с обновлением и воскресением. Порой он опять впадал в усыпление, и тогда всё, что случилось с ним в последние дни, снова повторялось и смутным, мятежным роем проходило в уме его; но видение представлялось ему в странном, загадочном виде. Порой больной забывал, что с ним было, и удивлялся, что он не на старой квартире, не у старой хозяйки своей. Он недоумевал, отчего старушка не подходила, как бывало всегда в поздний сумеречный час, к потухавшей печке, обливавшей по временам слабым, мерцающим заревом весь темный угол комнаты, и в ожидании, как погаснет огонь, не грела, по привычке, своих костлявых, дрожащих рук на замиравшем огне, всегда болтая и шепча про себя, и изредка в недоумении поглядывала на него, чудного жильца своего, которого считала помешанным от долгого сидения за книгами. Другой раз он вспоминал, что переехал на другую квартиру; но как это сделалось, что с ним было и зачем пришлось переехать, он не знал того, хотя замирал весь дух его в беспрерывном, неудержимом стремлении... Но куда, что звало и мучило его и кто бросил этот невыносимый пламень, душивший, пожиравший всю кровь его? — он опять не знал и не помнил. Часто жадно ловил он руками какую-то тень, часто слышались ему шелест близких, легких шагов около постели его и сладкий, как музыка, шепот чьих-то ласковых, нежных речей; чье-то влажное, порывистое дыхание скользило по лицу его, и любовью потрясалось всё его существо; чьи-то горючие слезы жгли его воспаленные щеки, и вдруг чей-то поцелуй, долгий, нежный, впивался в его губы; тогда жизнь его изнывала в неугасимой муке; казалось, всё бытие, весь мир останавливался, умирал на целые века кругом него и долгая, тысячелетняя ночь простиралась над всем...

То как будто наступали для него опять его нежные, безмятежно прошедшие годы первого детства, с их светлою радостию, с неугасимым счастием, с первым сладостным удивлением к жизни, с роями светлых духов, вылетавших из-под каждого цветка, который срывал он, игравших с ним на тучном зеленом лугу перед маленьким домиком, окруженным акациями, улыбавшихся ему из хрустального необозримого озера, возле которого просиживал он по целым часам, прислушиваясь, как бьется волна о волну, и шелестивших кругом него крыльями, любовно усыпая светлыми, радужными сновидениями маленькую его колыбельку, когда его мать, склоняясь над нею, крестила, целовала и баюкала его тихою колыбельною песенкой в долгие, безмятежные ночи. Но тут вдруг стало являться одно существо, которое смущало его каким-то недетским ужасом, которое вливало первый медленный яд горя и слез в его жизнь; он смутно чувствовал, как неведомый старик держит во власти своей все его грядущие годы, и, трепеща, не мог он отвести от него глаз своих. Злой старик за ним следовал всюду. Он выглядывал и обманчиво кивал ему головою из-под каждого куста в роще, смеялся и дразнил его, воплощался в каждую куклу ребенка, гримасничая и хохоча в руках его, как злой, скверный гном; он подбивал на него каждого из его бесчеловечных школьных товарищей или, садясь с малютками на школьную скамью, гримасничая, выглядывал из-под каждой буквы его грамматики. Потом, во время сна, злой старик садился у его изголовья... Он отогнал рои светлых духов, шелестивших своими золотыми и сапфирными крыльями кругом его колыбели, отвел от него навсегда его бедную мать и стал по целым ночам нашептывать ему длинную, дивную сказку, невнятную для сердца дитяти, но терзавшую, волновавшую его ужасом и недетскою страстью. Но злой старик не слушал его рыданий и просьб и всё продолжал ему говорить, покамест он не впадал в оцепенение, в беспамятство. Потом малютка просыпался вдруг человеком; невидимо и неслышно пронеслись над ним целые годы. Он вдруг сознавал свое настоящее положение, вдруг стал понимать, что он одинок и чужд всему миру, один в чужом углу, меж таинственных, подозрительных людей, между врагов, которые всё собираются и шепчутся по углам его темной комнаты и кивают старухе, сидевшей у огня на корточках, нагревавшей свои дряхлые, старые руки и указывавшей им на него. Он впадал в смятение, в тревогу; ему всё хотелось узнать, кто таковы эти люди, зачем они здесь, зачем он сам в этой комнате, и догадывался, что забрел в какой-то темный, злодейский притон, будучи увлечен чем-то могучим, но неведомым, не рассмотрев прежде, кто и каковы жильцы и кто именно его хозяева. Его начинало мучить подозрение, — и вдруг среди ночной темноты опять началась шепотливая, длинная сказка, и начала ее тихо, чуть внятно, про себя, какая-то старуха, печально качая перед потухавшим огнем своей белой, седой головой. Но — и опять ужас нападал на него: сказка воплощалась перед ним в лица и формы. Он видел, как всё, начиная с детских, неясных грез его, все мысли и мечты его, всё, что он выжил жизнию, всё, что вычитал в книгах, всё, об чем уже и забыл давно, всё одушевлялось, всё складывалось, воплощалось, вставало перед ним в колоссальных формах и образах, ходило, роилось кругом него; видел, как раскидывались перед ним волшебные, роскошные сады, как слагались и разрушались в глазах его целые города, как целые кладбища высылали ему своих мертвецов, которые начинали жить сызнова, как приходили, рождались и отживали в глазах его целые племена и народы, как воплощалась, наконец, теперь, вокруг болезненного одра его, каждая мысль его, каждая бесплотная греза, воплощалась почти в миг зарождения; как, наконец, он мыслил не бесплотными идеями, а целыми мирами, целыми созданиями, как он носился, подобно пылинке, во всем этом бесконечном, странном, невыходимом мире и как вся эта жизнь, своею мятежною независимостью, давит, гнетет его и преследует его вечной, бесконечной иронией; он слышал, как он умирает, разрушается в пыль и прах, без воскресения, на веки веков; он хотел бежать, но не было угла во всей вселенной, чтоб укрыть его. Наконец, в припадке отчаяния, он напряг свои силы, вскрикнул и проснулся...

Он проснулся, весь облитый холодным, ледяным потом. Кругом него стояла мертвая тишина; была глубокая ночь. Но всё ему казалось, что где-то продолжается его дивная сказка, что чей-то хриплый голос действительно заводит долгий рассказ о чем-то как будто ему знакомом. Он слышал, что говорят про темные леса, про каких-то лихих разбойников, про какого-то удалого молодца, чуть-чуть не про самого Стеньку Разина, про веселых пьяниц бурлаков, про одну красную девицу и про Волгу-матушку. Не сказка ли это? наяву ли он слышит ее? Целый час пролежал он, открыв глаза, не шевеля ни одним членом, в мучительном оцепенении. Наконец он привстал осторожно и с веселием ощутил в себе силу, не истощившуюся в лютой болезни. Бред прошел, начиналась действительность. Он заметил, что еще был одет так, как был во время разговора с Катериной, и что, следовательно, немного времени прошло с того утра, как она ушла от него. Огонь решимости пробежал по его жилам. Машинально отыскал он руками большой гвоздь, вбитый для чего-то в верху перегородки, возле которой постлали постель его, схватился за него и, повиснув на нем всем телом, кое-как добрался до щели, из которой выходил едва заметный свет в его комнату. Он приложил глаз к отверстию и стал глядеть, едва переводя дух от волнения.

В углу хозяйской каморки стояла постель, перед постелью стол, покрытый ковром, заваленный книгами большой старинной формы, в переплетах, напоминавших священные книги. В углу стоял образ, такой же старинный, как и в его комнате; перед образом горела лампада. На постели лежал старик Мурин, больной, изможденный страданием и бледный как полотно, закрытый меховым одеялом. На коленях его была раскрытая книга. На скамье возле постели лежала Катерина, охватив рукою грудь старика и склонившись к нему на плечо головою. Она смотрела на него внимательными, детски-удивленными глазами и, казалось, с неистощимым любопытством, замирая от ожидания, слушала то, что ей рассказывал Мурин. По временам голос рассказчика возвышался, одушевление отражалось на бледном лице его; он хмурил брови, глаза его начинали сверкать, и Катерина, казалось, бледнела от страха и волнения. Тогда что-то похожее на улыбку являлось на лице старика, и Катерина начинала тихо смеяться. Порой слезы загорались в глазах ее; тогда старик нежно гладил ее по голове, как ребенка, и она еще крепче обнимала его своею обнаженною, сверкающею, как снег, рукою и еще любовнее припадала к груди его.

По временам Ордынов думал, что всё это еще сон, даже был в этом уверен; но кровь ему бросилась в голову, и жилы напряженно, с болью, бились на висках его. Он выпустил гвоздь, встал с постели и, качаясь, пробираясь, как лунатик, сам не понимая своего побуждения, вспыхнувшего целым пожаром в крови его, подошел к хозяйским дверям и с силой толкнулся в них; ржавая задвижка отлетела разом, и он вдруг с шумом и треском очутился среди хозяйской спальни. Он видел, как вся вспорхнулась и вздрогнула Катерина, как злобно засверкали глаза старика из-под тяжело сдавленных вместе бровей и как внезапно ярость исказила всё лицо его. Он видел, как старик, не спуская с него своих глаз, блуждающей рукой наскоро ищет ружье, висевшее на стене; видел потом, как сверкнуло дуло ружья, направленное неверной, дрожащей от бешенства рукой прямо в грудь его... Раздался выстрел, раздался потом дикий, почти нечеловеческий крик, и, когда разлетелся дым, страшное зрелище поразило Ордынова. Дрожа всем телом, он нагнулся над стариком. Мурин лежал на полу; его коробило в судорогах, лицо его было искажено в муках, и пена показывалась на искривленных губах его. Ордынов догадался, что несчастный был в жесточайшем припадке падучей болезни. Вместе с Катериной он бросился помогать ему...

III

Вся ночь прошла в тревоге. На другой день Ордынов вышел рано поутру, несмотря на свою слабость и на лихорадку, которая всё еще не оставляла его. На дворе он опять встретил дворника. В этот раз татарин еще издали приподнял фуражку и с любопытством поглядел на него. Потом, как будто опомнясь, принялся за свою метлу, искоса взглядывая на медленно приближавшегося Ордынова.

— Что? ты ничего не слыхал ночью? — спросил Ордынов.

— Да, слыхал.

— Что это за человек? кто он такой?

— Сама нанимала, сама и знай; а моя чужая.

— Да будешь ли ты когда говорить! — закричал Ордынов вне себя от припадка какой-то болезненной раздражительности.

— А моя что сделала? Виновата твоя, — твоя жильцов пугала. Внизу гробовщик жил: он глух, а всё слышал, и баба его глухая, и та слышала. А на другом дворе, хоть и далеко, а тоже слышала — вот. Я к надзирателю пойду.

— Я сам туда же пойду, — отвечал Ордынов и пошел к воротам.

— А хоть как хошь; сама нанимала... Барин, барин, постой!

Ордынов оглянулся; дворник из учтивости тронул за шапку.

— Ну!

— Коль пойдешь, я к хозяину пойду.

— Что ж?

— Лучше съезжай.

— Ты глуп, — проговорил Ордынов и опять пошел было прочь.

— Барин, барин, постой! — Дворник опять тронул за шапку и оскалил зубы.

— Слушай, барин: ты сердце держи; за что бедного гнать? Бедного гонять — грех. Бог не велит — слышь?

— Слушай же и ты: вот возьми это. Ну, кто ж он таков?

— Кто таков?

— Да.

— Я и без денег скажу.

Тут дворник взял метлу, махнул раз-два, потом остановился, внимательно и важно посмотрев на Ордынова.

— Ты барин хороший. А не хошь жить с человеком хорошим, как хошь; моя вот как сказала.

Тут татарин посмотрел еще выразительнее и, как будто осердясь, опять принялся за метлу. Показав наконец вид, что кончил какое-то дело, он таинственно подошел к Ордынову и, сделав какой-то очень выразительный жест, произнес:

— Она вот что!

— Чего? Как?

— Ума нет.

— Что.

— Улетела. Да! улетела! — повторил он еще более таинственным тоном. — Она больна. У него барка была, большая была, и другая была, и третья была, по Волге ходила, а я сам из Волги; еще завод была, да сгорела, и он без башка.

— Он помешанный?

— Ни!.. Ни! — отвечал с расстановкой татарин. — Не мешана. Он умный человек. Она всё знает, книжка много читала, читала, читала, всё читала и другим правда сказывала. Так, пришла кто: два рубля, три рубля, сорок рубля, а не хошь, как хошь; книжка посмотрит, увидит и всю правду скажет. А деньга на стол, тотчас на стол — без деньга ни!

Тут татарин, с излишком сердца входивший в интересы Мурина, даже засмеялся от радости.

— Что ж, он колдовал, гадал кому-нибудь?

— Гм... — промычал дворник, скоро кивнув головою, — она правду сказывала. Она бога молит, много молит. А то так, находит на него.

Тут татарин опять повторил свой выразительный жест.

В эту минуту кто-то кликнул дворника с другого двора, а вслед затем показался какой-то маленький, согбенный, седенький человек в тулупе. Он шел кряхтя, спотыкаясь, смотрел в землю и что-то нашептывал про себя. Можно было подумать, что он от старости выжил из ума.

— Хозяева, хозяева! — прошептал впопыхах дворник, наскоро кивнув головою Ордынову и, сорвав шапку, бросился бегом к старичку, которого лицо было как-то знакомо Ордынову; по крайней мере он где-то встретил его очень недавно. Сообразив, впрочем, что тут нет ничего удивительного. он пошел со двора. Дворник показался ему мошенником и наглецом первой руки. "Бездельник точно торговался со мной! — думал он, — бог знает что тут такое!"

Он уже произнес это на улице.

Мало-помалу его начали одолевать другие мысли. Впечатление было неприятное: день серый и холодный, порхал снег. Молодой человек чувствовал, как озноб снова начинает ломать его; он чувствовал тоже, что как будто земля начинала под ним колыхаться. Вдруг один знакомый голос неприятно сладеньким, дребезжащим тенором пожелал ему доброго утра.

— Ярослав Ильич! — сказал Ордынов.

Перед ним стоял бодрый, краснощекий человек, с виду лет тридцати, невысокого роста, с серенькими маслеными глазками, с улыбочкой, одетый... как и всегда бывает одет Ярослав Ильич, и приятнейшим образом протягивал ему руку. Ордынов познакомился с Ярославом Ильичом тому назад ровно год совершенно случайным образом, почти на улице. Очень легкому знакомству способствовала, кроме случайности, необыкновенная наклонность Ярослава Ильича отыскивать всюду добрых, благородных людей, прежде всего образованных и по крайней мере талантом и красотою обращения достойных принадлежать высшему обществу. Хотя Ярослав Ильич имел чрезвычайно сладенький тенор, но даже в разговорах с искреннейшими друзьями в настрое его голоса проглядывало что-то необыкновенно светлое, могучее и повелительное, не терпящее никаких отлагательств, что было, может быть, следствием привычки.

— Каким образом? — вскрикнул Ярослав Ильич с выражением искреннейшей, восторженной радости.

— Я здесь живу.

— Давно ли? — продолжал Ярослав Ильич, подымая ноту всё выше и выше. — И я не знал этого! Ноя с вами сосед! Я теперь уже в здешней части. Я уже месяц как воротился из Рязанской губернии. Поймал же вас, старинный и благороднейший друг! — И Ярослав Ильич рассмеялся добродушнейшим образом.

— Сергеев! — закричал он вдохновенно, — жди меня у Тарасова; да чтоб без меня не шевелили кулей. Да турни олсуфьевского дворника; скажи, чтоб тот же час явился в контору. Я приду через час...

Наскоро отдавая кому-то этот приказ, деликатный Ярослав Ильич взял Ордынова под руку и повел в ближайший трактир.

— Не успокоюсь без того, пока не перебросим двух слов наедине после такой долгой разлуки. Ну, что ваши занятия? — прибавил он, почти благоговейно и таинственно понизив голос — Всегда в науках?

— Да, я по-прежнему, — отвечал Ордынов, у которого мелькнула одна светлая мысль.

— Благородно, Василий Михайлович, благородно!— Тут Ярослав Ильич крепко пожал руку Ордынова. — Вы будете украшением нашего общества. Подай вам господь счастливого пути на вашем поприще... Боже! Как я рад, что вас встретил! Сколько раз я вспоминал об вас, сколько раз говорил: где-он, наш добрый, великодушный, остроумный Василий Михайлович?

Они заняли особую комнату. Ярослав Ильич заказал закуску, велел подать водки и с чувством взглянул на Ордынова.

— Я много читал без вас, — начал он робким, немного вкрадчивым голосом. —Я прочел всего Пушкина...

Ордынов рассеянно посмотрел на него.

— Удивительно изображение человеческой страсти-с. Но прежде всего позвольте мне быть вам благодарным. Вы так много сделали для меня благородством внушений справедливого образа мыслей...

— Помилуйте!

— Нет, позвольте-с. Я всегда люблю воздать справедливость и горжусь, что по крайней мере хоть это чувство не замолкло во мне.

— Помилуйте, вы несправедливы к себе, и я, право...

— Нет, совершенно справедлив-с, — возразил с необыкновенным жаром Ярослав Ильич. — Что я такое в сравнении с вами-с? Не правда ли?

— Ах, боже мой!

— Да-с...

Тут последовало молчание.

— Следуя вашим советам, я прервал много грубых знакомств и смягчил отчасти грубость привычек, — начал опять Ярослав Ильич несколько робким и вкрадчивым голосом. — В свободное от должности время большею частию сижу дома; но вечерам читаю какую-нибудь полезную книгу, и... у меня одно желание, Василий Михайлович, приносить хоть посильную пользу отечеству...

— Я всегда считал вас за благороднейшего человека, Ярослав Ильич.

— Вы всегда приносите бальзам... благородный молодой человек...

Ярослав Ильич горячо пожал руку Ордынову.

— Вы не пьете? — заметил он, немного утишив свое волнение.

— Не могу; я болен.

— Больны? да, в самом деле! Давно ли, как, каким образом

вы изволили заболеть? Угодно, я скажу... какой медик вас лечит? Угодно, я сейчас скажу нашему частному доктору. Я сам, лично, к нему побегу. Искуснейший человек!

Ярослав Ильич уже брался за шляпу,

— Покорно благодарю. Я не лечусь и не люблю лекарей...

— Что вы? можно ли этак? Но это искуснейший, образованнейший человек, — продолжал Ярослав Ильич, умоляя, — намедни, — но позвольте вам это рассказать, дорогой Василий Михайлович, — намедни приходит один бедный слесарь: "я вот, говорит, наколол себе руку моим орудием; излечите меня..." Семен Пафнутьич, видя, что несчастному угрожает антонов огонь, принял меру отрезать зараженный член. Он сделал это при мне. Но это было так сделано, таким благор... то есть таким восхитительным образом, что, признаюсь, если б не сострадание к страждущему человечеству, то было бы приятно посмотреть так просто, из любопытства-с. Но где и как изволили заболеть?

— Переезжая на квартиру... Я только что встал.

— Но вы еще очень нездоровы, и вам бы не следовало выходить. Стало быть, вы уже не там, где прежде, живете? Но что побудило вас?

— Моя хозяйка уехала из Петербурга.

— Домна Саввишна? Неужели?.. Добрая, истинно благородная старушка! Знаете ли? Я чувствовал к ней почти сыновнее уважение. Что-то возвышенное прадедовских лет светилось в этой почти отжившей жизни; и, глядя на нее, как будто видишь перед собой воплощение нашей седой, величавой старинушки... то есть из этого... что-то тут, знаете, этак поэтическое!.. — заключил Ярослав Ильич, совершенно оробев и покраснев до ушей.

— Да, она была добрая женщина.

— Но позвольте узнать, где вы теперь изволили поселиться?

— Здесь, недалеко, в доме Кошмарова.

— Я с ним знаком. Величавый старик! Я с ним, смею сказать, почти искренний друг. Благородная старость!

Уста Ярослава Ильича почти дрожали от радости умиления. Он спросил еще рюмку водки и трубку.

— Сами по себе нанимаете?

— Нет, у жильца.

— Кто таков? Может быть, я тоже знаком.

— У Мурина, мещанина; старик высокого роста...

— Мурин, Мурин; да, позвольте-с, это на заднем дворе, над гробовщиком?

— Да, да, на самом заднем дворе.

— Гм... вам покойно жить-с?

— Да я только что переехал.

— Гм... я только хотел сказать, гм... впрочем, но вы не заметили ль чего особенного?

— Право...

— То есть я уверен, что вам будет жить у него хорошо, если вы останетесь довольны помещением... я и не к тому говорю, готов предупредить; но, зная ваш характер... Как вам показался этот старик мещанин?

— Он, кажется, совсем больной человек.

— Да, он очень страждущ... Но вы такого ничего не заметили? Вы говорили с ним?

— Очень мало; он такой нелюдимый и желчный...

— Гм... — Ярослав Ильич задумался.

— Несчастный человек! — сказал он, помолчав.

— Он?

— Да, несчастный и вместе с тем до невероятности странный и занимательный человек. Впрочем, если он вас не беспокоит... Извините, что я обратил внимание на такой предмет, но я полюбопытствовал...

— И, право, возбудили и мое любопытство... Я бы очень желал знать, кто он таков. К тому же я с ним живу...

— Видите ли-с: говорят, этот человек был прежде очень богат. Он торговал, как вам, вероятно, удавалось слышать. По разным несчастным обстоятельствам он обеднел; у него в бурю разбило несколько барок с грузом.

Завод, вверенный, кажется, управлению близкого и

31

любимого родственника, тоже подвергся несчастной участи и сгорел, причем в пламени пожара погиб и сам его родственник. Согласитесь, потеря ужасная! Тогда Мурин, рассказывают, впал в плачевное уныние; стали опасаться за его рассудок, и действительно, в одной ссоре с другим купцом, тоже владетелем барок, ходивших по Волге, он вдруг выказал себя с такой странной и неожиданной точки зрения, что всё происшедшее не иначе отнесли, как к сильному его помешательству, чему и я готов верить. Я подробно слышал о некоторых его странностях; наконец, вдруг случилось одно очень странное, так сказать, роковое обстоятельство, которое уж никак нельзя объяснить иначе, как враждебным влиянием прогневанной судьбы.

— Какое? — спросил Ордынов.

— Говорят, что в болезненном припадке сумасшествия он посягнул на жизнь одного молодого купца, которого прежде чрезвычайно любил. Он был так поражен, когда очнулся после припадка, что готов был лишить себя жизни; так по крайней мере рассказывают. Не знаю, наверно, что произошло за этим, но известно то, что он находился несколько лет под покаянием... Но что с вами, Василий Михайлович, не утомляет ли вас мой простой рассказ?

— О нет, ради бога... Вы говорите, что он был под покаянием; но он не один.

— Не знаю-с. Говорят, что был один. По крайней мере никто другой не замешан в том деле. А впрочем, не слыхал о дальнейшем; знаю только...

— Ну-с.

— Знаю только, — то есть я собственно ничего особенного не имел в мыслях прибавить... я хочу только сказать, если вы находите в нем что-то необыкновенное и выходящее из обыкновенного уровня вещей, то всё это произошло не иначе, как следствием бед, обрушившихся на него одна за другою...

— Да, он такой богомольный, большой святоша.

— Не думаю, Василий Михайлович; он столько пострадал; мне кажется, он чист своим сердцем.

— Но ведь теперь он не сумасшедший; он здоров.

— О нет, нет; в этом я вам могу поручиться, готов присягнуть; он в полном владении всех своих умственных способностей. Он только, как вы справедливо заметили мельком, чрезвычайно чудной и богомольный. Очень даже разумный человек. Говорит бойко, смело и очень хитро-с. Еще виден след прошлой бурной жизни на лице его-с. Любопытный человек-с и чрезвычайно начитанный.

— Он, кажется, читает всё священные книги?

— Да-с, он мистик-с.

— Что?

— Мистик. Но я вам говорю это по секрету. По секрету скажу вам еще, что за ним был некоторое время сильный присмотр. Этот человек имел ужасное влияние на приходивших к нему.

— Какое же?

— Но вы не поверите; видите ли-с; тогда еще он не жил в здешнем квартале; Александр Игнатьич, почетный гражданин, человек сановитый и пользующийся общим уважением, ездили к нему с каким-то поручиком из любопытства. Приезжают они к нему; их принимают, и странный человек начинает им вглядываться в лица. Он обыкновенно вглядывался в лица, если соглашался быть полезным; в противном случае отсылал приходящих назад, и даже, говорят, весьма неучтиво. Спрашивает он их: что вам угодно, господа? Так и так, отвечает Александр Игнатьич: дар ваш может сказать вам это и без нас. Пожалуйте ж, говорит, со мной в другую комнату; тут он назначил именно того из них, который до него имел надобность. Александр Игнатьич не рассказывал, что с ним было потом, но он вышел от него бледный как платок. То же самое случилось и с одной знатной дамой высшего общества: она тоже вышла от него бледна как платок, вся в слезах и в изумлении от его предсказания и красноречия.

— Странно. Но теперь он не занимается этим?

— Строжайше запрещено-с. Были чудные примеры-с. Один молодой корнет, цвет и надежда высшего семейства, глядя на него, усмехнулся. "Чего ты смеешься? — сказал, рассердившись, старик. — Через три дня ты сам будешь вот что!" — и он сложил накрест руки, означая таким знаком труп мертвеца.

— Ну?

— Не смею верить, но, говорят, предсказание сбылось. Он имеет дар, Василий Михайлович... Вы изволили улыбнуться на мой простодушный рассказ. Знаю, что вы далеко упредили меня в просвещении; но я верю ему: он не шарлатан. Сам Пушкин упоминает о чем-то подобном в своих сочинениях.

— Гм. Не хочу вам противоречить. Вы, кажется, сказали, что он живет не один.

— Я не знаю... с ним, кажется, дочь его.

— Дочь?

— Да-с, или, кажется, жена его; я знаю, что живет с ним какая-то женщина. Я видел мельком и внимания не обратил.

— Гм. Странно...

Молодой человек впал в задумчивость, Ярослав Ильич — в нежное созерцание. Он был растроган и тем, что видел старого друга, и тем, что удовлетворительно рассказал интереснейшую вещь. Он сидел, не спуская глаз с Василья Михайловича и потягивая из трубки; но вдруг вскочил и засуетился.

— Целый час прошел, а я и забыл! Дорогой Василий Михайлович, еще раз благодарю судьбу за то, что свела нас вместе, но мне пора. Дозволите ли мне посетить вас в вашем ученом жилище?

— Сделайте одолжение, буду вам очень рад. Навещу и сам вас, когда выпадет время.

— Верить ли приятному известию? Обяжете, несказанно обяжете! Не поверите, в какой восторг вы меня привели!

Они вышли из трактира. Сергеев уже летел им навстречу и скороговоркой рапортовал Ярославу Ильичу, что Вильм Емельянович изволят проезжать. Действительно, в перспективе показалась пара лихих саврасок, впряженных в лихие пролетки. Особенно замечательна была необыкновенная пристяжная. Ярослав Ильич сжал, словно в тисках, руку лучшего из друзей своих, приложился к шляпе и пустился встречать налетавшие дрожки. Дорогою он раза два обернулся и прощальным образом кивнул головою Ордынову.

Ордынов чувствовал такую усталость, такое изнеможение во всех членах, что едва волочил ноги. Кое-как добрался он до дому. В воротах его опять встретил дворник, прилежно наблюдавший всё его прощание с Ярославом Ильичом, и еще издали сделал ему какой-то пригласительный. знак. Но молодой человек прошел мимо. В дверях квартиры он плотно столкнулся с маленькой седенькой фигуркой, выходившей, потупив очи, от Мурина.

— Господи, прости мои прегрешения! — прошептала фигурка, отскочив в сторону с упругостью пробки.

— Не ушиб ли я вас?

— Нет-с, нижайше благодарю за внимание... О, господи, господи!

Тихий человечек, кряхтя, охая и нашептывая что-то назидательное себе под нос, бережно пустился по лестнице. Это был хозяин дома, которого так испугался дворник. Тут только Ордынов вспомнил, что видел его в первый раз здесь же, у Мурина, когда переезжал на квартиру.

Он чувствовал, что был раздражен и потрясен; он знал, что фантазия и впечатлительность его напряжены до крайности, и решил не доверять себе. Мало-помалу он впал в какое-то оцепенение. В грудь его залегло какое-то тяжелое, гнетущее чувство. Сердце его ныло, как будто всё изъязвленное, и вся душа была полна глухих, неиссякаемых слез.

Он опять припал на постель, которую она постлала ему, и стал снова слушать. Он слышал два дыхания: одно тяжелое, болезненное, прерывистое, другое тихое, но неровное и как будто тоже взволнованное, как будто там билось сердце одним и тем же стремлением, одною и тою же страстью. Он слышал порою шум ее платья, легкий шелест ее тихих, мягких шагов, и даже этот шелест ноги ее отдавался глухою, но мучительно-сладостною болью в его сердце. Наконец он как будто расслушал рыдания, мятежный вздох и, наконец, опять ее молитву. Он знал, что она стоит на коленях перед образом, ломая руки в каком-то исступленном отчаянии!.. Кто же она? За кого она просит? Какою безвыходною страстью смущено ее сердце? Отчего оно так болит и тоскует и выливается в таких жарких и безнадежных слезах?..

Он начал припоминать ее слова. Всё, что она говорила ему, еще звучало в ушах его, как музыка, и сердце любовно отдавалось глухим, тяжелым ударом на каждое воспоминание, на каждое набожно повторенное ее слово... На миг мелькнуло в уме его, что он видел всё это во сне. Но в тот же миг весь состав его изныл в замирающей тоске, когда впечатление ее горячего дыхания, ее слов, ее поцелуя наклеймилось снова в его воображении. Он закрыл глаза и забылся. Где-то пробили часы; становилось поздно; падали сумерки.

Ему вдруг показалось, что она опять склонилась над ним, что глядит в его глаза своими чудно-ясными глазами, влажными от сверкающих слез безмятежной, светлой радости, тихими и ясными, как бирюзовый нескончаемый купол неба в жаркий полдень. Таким торжественным спокойствием сияло лицо ее, таким обетованием нескончаемого блаженства теплилась ее улыбка, с таким сочувствием, с таким младенческим увлечением преклонилась она на плечо его, что стон вырвался из его обессиленной груди от радости. Она хотела ему что-то сказать; она ласково что-то поверяла ему. Опять как будто сердце пронзающая музыка поразила слух его. Он жадно впивал в себя воздух, нагретый, наэлектризованный ее близким дыханием. В тоске он простер свои руки, вздохнул, открыл глаза... Она стояла перед ним, нагнувшись к лицу его, вся бледная, как от испуга, вся в слезах, вся дрожа от волнения. Она что-то говорила ему, об чем-то молила его, складывая и ломая свои полуобнаженные руки. Он обвил ее в своих объятиях, она вся трепетала на его груди...

ЧАСТЬ ВТОРАЯ

I

— Что ты? что с тобою? — говорил Ордынов, очнувшись совсем, всё еще сжимая ее в своих крепких и горячих объятиях, — что с тобой, Катерина? что с тобою, любовь моя?

Она тихо рыдала, потупив глаза и пряча разгоревшееся лицо у него на груди. Долго еще она не могла говорить и вся дрожала, как будто в испуге.

— Не знаю, не знаю, — проговорила она наконец едва слышным голосом, задыхаясь и почти не выговаривая слов, — не помню, как и к тебе зашла я сюда... — Тут она ещё крепче, еще с большим стремлением прижалась к нему и в неудержимом, судорожном чувстве целовала ему плечо, руки, грудь; наконец, как будто в отчаянье, закрылась руками, припала на колени и скрыла в его коленях свою голову. Когда же Ордынов, в невыразимой тоске, нетерпеливо приподнял и посадил ее возле себя, то целым заревом стыда горело лицо ее, глаза ее плакали о помиловании и насильно пробивавшаяся на губе ее улыбка едва силилась подавить неудержимую силу нового ощущения. Теперь она была как будто снова чем-то испугана, недоверчиво отталкивала его рукой, едва взглядывала на него и отвечала на его ускоренные вопросы, потупив голову, боязливо и шепотом.

— Ты, может быть, видела страшный сон, — говорил Ордынов, — может быть, тебе привиделось что-нибудь... да? Может быть, он испугал тебя... Он в бреду и без памяти... Может быть, он что-нибудь говорил, что не тебе было слушать?.. Ты слышала что-нибудь? да?

— Нет, я не спала, — отвечала Катерина, с усилием подавляя свое волнение. — Сон и не шел ко мне. Он всё молчал и только раз позвал меня. Я подходила, окликала его, говорила ему; мне стало страшно; он не просыпался и не слышал меня. Он в тяжелом недуге, подай господь ему помощи! Тогда мне на сердце стала тоска западать, горькая тоска! Я ж всё молилась, всё молилась, и вот это и нашло на меня.

— Полно, Катерина, полно, жизнь моя, полно! Это ты вчера испугалась...

— Нет, я не пугалась вчера!..

— Бывает это с тобою другой раз?

— Да, бывает. — И она вся задрожала и опять в испуге стала прижиматься к нему, как дитя. — Видишь, — сказала она, прерывая рыдания, — я не напрасно пришла к тебе, не напрасно, тяжело было одной, — повторяла она, благодарно сжимая его руки. — Полно же, полно о чужом горе слезы ронять! Прибереги их на черный день, когда самому, одинокому, тяжело будет и не будет с тобой никого!.. Слушай, была у тебя твоя люба?

— Нет... до тебя я не знал ни одной...

— До меня... ты меня своей любой зовешь?

Она вдруг посмотрела на него, как будто с удивлением, что-то хотела сказать, но потом утихла и потупилась. Мало-помалу всё лицо ее снова зарделось внезапно запылавшим румянцем; ярче, сквозь забытые, еще не остывшие на ресницах слезы, блеснули глаза, и видно было, что какой-то вопрос шевелился на губах ее. С стыдливым лукавством взглянула она раза два на него и потом вдруг снова потупилась.

— Нет, не бывать мне твоей первой любой, — сказала она, — нет, нет, — повторяла она, покачивая головою, задумавшись, тогда как улыбка опять тихо прокрадывалась по лицу ее, — нет, — сказала она наконец, рассмеявшись, — не мне, родной, быть твоей любушкой.

Тут она взглянула на него; но столько грусти отразилось вдруг на лице ее, такая безвыходная печаль поразила разом все черты ее, так неожиданно закипело изнутри, из сердца ее отчаяние, что непонятное, болезненное чувство сострадания к горю неведомому захватило дух Ордынова, и он с невыразимым мучением глядел на нее.

— Слушай, что я скажу тебе, — говорила она голосом, пронзающим сердце, сжав его руки в своих руках, усиливаясь подавить свои рыдания. — Слушай меня хорошо, слушай, радость моя! Ты укроти свое сердце и не люби меня так, как теперь полюбил. Тебе легче будет, сердцу станет легче и радостнее, и от лютого врага себя сбережешь, и любу-сестрицу себе наживешь. Буду к тебе приходить, коль захочешь, миловать тебя буду и стыда на себя не возьму, что спозналась с тобой. Была же с тобою два дня, как лежал ты в злом недуге! Спознай сестрицу! Недаром же мы братались с тобой, недаром же я за тебя богородицу слезно молила! другой такой не нажить тебе! Мир изойдешь кругом, поднебесную узнаешь — не найти тебе другой такой любы, коли любы твое сердце просит. Горячо тебя полюблю, всё, как теперь, любить буду, и за то полюблю, что душа твоя чистая, светлая, насквозь видна; за то, что как я взглянула впервой на тебя, так тотчас опознала, что ты моего дома гость, желанный гость и недаром к нам напросился; за то полюблю, что, когда глядишь, твои глаза любят и про сердце твое говорят, и когда скажут что, так я тотчас же обо всем, что ни есть в тебе, знаю, и за то тебе жизнь отдать хочется на твою любовь, добрую волюшку, затем что сладко быть и рабыней тому, чье сердце нашла... да жизнь-то моя не моя, а чужая, и волюшка связана! Сестрицу ж возьми, и сам будь мне брат, и меня в свое сердце прими, когда опять тоска, злая немочь нападет на меня; только сам сделай так, чтоб мне стыда не было к тебе приходить и с тобой долгую ночь, как теперь, просидеть. Слышал меня? Открыл ли мне сердце свое? Взял ли в разум, что я тебе говорила?.. — Она хотела еще что-то сказать, взглянула на него, положила на плечо ему свою руку и наконец в бессилии припала к груди его. Голос ее замер в судорожном, страстном рыдании, грудь волновалась глубоко, и лицо вспыхнуло, как заря вечерняя.

— Жизнь моя! — прошептал Ордынов, у которого зрение помутилось и дух занялся. — Радость моя! — говорил он, не зная слов своих, не помня их, не понимая себя, трепеща, чтоб одним дуновением не разрушить обаяния, не разрушить всего, что было с ним и что скорее он принимал за видение, чем за действительность: так отуманилось всё перед ним! — Я не знаю, не понимаю тебя, я не помню, что ты мне теперь говорила, разум тускнеет мой, сердце ноет в груди, владычица моя!..

Тут голос его опять пресекся от волнения. Она всё крепче, всё теплее, горячее прижималась к нему. Он привстал с места и, уже не сдерживая себя более, разбитый, обессиленный восторгом, упал на колени. Рыдания судорожно, с болью прорвались наконец из груди его и пробившийся прямо из сердца голос задрожал, как струна, от всей полноты неведомого восторга и блаженства.

— Кто ты, кто ты, родная моя? откуда ты, моя голубушка? — говорил он, силясь подавить свои рыдания. — Из какого неба ты в мои небеса залетела? Точно сон кругом меня; я верить в тебя не могу. Не укоряй меня... дай мне говорить, дай мне всё, всё сказать тебе!.. Я долго хотел говорить... Кто ты, кто ты, радость моя?.. Как ты нашла мое сердце? Расскажи мне, давно ли ты сестрица моя?.. Расскажи мне всё про себя, где ты была до сих пор, — расскажи, как звали место, где ты жила, что ты там полюбила сначала, чем рада была и о чем тосковала?.. Был ли там тепел воздух, чисто ли небо было?.. кто тебе были милые, кто любили тебя до меня, к кому там впервые твоя душа запросилась?.. Была ль у тебя мать родная, и она ль тебя дитятей лелеяла, или, как я, одинокая, ты на жизнь оглянулась? Скажи мне, всегда ль ты была такова? Что снилось, о чем гадала ты вперед, что сбылось и что не сбылось у тебя, — всё скажи... По ком заныло первый раз твое девичье сердце и за что ты его отдала? Скажи что же мне отдать тебе за него, что мне отдать тебе за тебя?.. Скажи мне, любушка, свет мой, сестрица моя, скажи мне, чем же мне твое сердце нажить?..

Тут голос его снова иссяк, и он склонил голову. Но когда поднял глаза, то немой ужас оледенил его всего разом и волосы встали дыбом на голове его.

Катерина сидела бледная как полотно. Она неподвижно смотрела в воздух, губы ее были сини, как у мертвой, и глаза заволоклись немой, мучительной мукой. Она медленно привстала, ступила два шага и с пронзительным воплем упала пред образом... Отрывистые несвязные слова вырывались из груди ее. Она *лишилась чувств.* Ордынов, весь потрясенный страхом, поднял ее и донес до своей кровати; он стоял над нею, не помня себя. Спустя минуту она открыла глаза, приподнялась на постели, осмотрелась кругом и схватила его руку. Она привлекла его к себе, силилась что-то прошептать всё еще бледными губами, но голос всё еще изменял ей. Наконец она разразилась градом слез; горячие капли жгли похолодевшую руку Ордынова.

— Тяжело, тяжело мне теперь, час мой приходит последний! — проговорила она наконец, тоскуя в безвыходной муке.

Она силилась еще что-то проговорить, но окостенелый язык ее не мог произнести ни одного слова. С отчаянием глядела она на Ордынова, не понимавшего ее. Он нагнулся к ней ближе и вслушивался... Наконец он услышал, как она прошептала явственно:

— Я испорчена, меня испортили, погубили меня!

Ордынов поднял голову и с диким изумлением взглянул на нее. Какая-то безобразная мысль мелькнула в уме его. Катерина видела судорожное, болезненное сжатие его лица.

— Да! испортили, — продолжала она, — меня испортил злой человек. — он, погубитель мой!.. Я душу ему продала... Зачем, зачем об родной ты помянул? что тебе было мучить меня? Бог тебе, бог тебе судья!..

Через минуту она тихо заплакала; сердце Ордынова билось и ныло в смертной тоске.

— Он говорит, — шептала она сдерживаемым, таинственным голосом, —что когда умрет, то придет за моей грешной душой... Я его, я ему душой продалась... Он мучил меня, он мне в книгах читал... На, смотри, смотри его книгу! вот его книга. Он говорит, что я сделала смертный грех... Смотри, смотри...

И она показывала ему книгу; Ордынов не заметил; откуда взялась она. Он машинально взял ее, всю писанную, как древние раскольничьи книги, которые ему удавалось прежде видеть. Но теперь он был не в силах смотреть и сосредоточить внимание свое на чем-нибудь другом. Книга выпала из рук его. Он тихо обнимал Катерину, стараясь привести ее в разум.

— Полно, полно! — говорил он, — тебя испугали; я с тобою; отдохни со мною, родная, любовь моя, свет мой!

— Ты не знаешь ничего, ничего! — говорила она, крепко сжимая его руки. — Я такая всегда!.. Я всё боюсь... Полно, полно тебе меня мучить!..

— Я тогда к нему иду, — начала она через минуту, переводя дух. — Иной раз он просто своими словами меня заговаривает, другой раз берет свою книгу, самую большую, и читает надо мной. Он всё грозное, суровое такое читает! Я не знаю что и понимаю не всякое слово; но меня берет страх, и когда я вслушиваюсь в его голос, то словно это не он говорит, а кто-то другой, недобрый, кого ничем не умягчишь, ничем не замолишь, и тяжело-тяжело станет на сердце, горит оно... Тяжелей, чем когда начиналась тоска!

— Не ходи к нему! Зачем же ты ходишь к нему?— говорил Ордынов, едва сознавая слова свои.

— Зачем я к тебе пришла? Спроси — тоже не знаю... А он мне всё говорит: молись, молись! Иной раз я встаю в темную ночь и молюсь долго, по целым часам; часто и сон меня клонит; но страх всё будит, всё будит меня, и мне всё чудится тогда, что гроза кругом меня собирается, что худо мне будет, что разорвут и затерзают меня недобрые, что не замолить мне угодников и что не спасут они меня от лютого горя. Вся душа разрывается, словно распаяться всё тело хочет от слез... Тут я опять стану молиться, и молюсь, и молюсь до той поры, пока владычица не посмотрит на меня с иконы любовнее. Тогда я встаю и отхожу на сон, как убитая; иной раз и засну на полу, на коленях пред иконой. Тогда, случится, он проснется, подзовет меня, начнет меня голубить, ласкать, утешать, и тогда уж мне и легче становится, и приди хоть какая беда, я уж с ним не боюсь. Он властен! Велико его слово!

— Но какая ж беда, какая ж беда у тебя?.. — И Ордынов ломал руки в отчаянии.

Катерина страшно побледнела. Она смотрела на него, как приговоренная к смерти, не чая помилования.

— Меня?.. я дочь проклятая, я душегубка; меня мать прокляла! Я родную мать загубила!..

Ордынов безмолвно обнял ее. Она трепетно прижалась к нему. Он чувствовал, как судорожная дрожь пробегала по всему ее телу, и, казалось, душа ее расставалась с телом.

— Я ее в сырую землю закрыла, — говорила она вся в тревоге своих воспоминаний, вся в видениях своего безвозвратно прошедшего, — я давно хотела говорить, он всё заказывал мне молением, укором и словом гневливым, а порой сам на меня же подымет тоску мою, точно мой враг и супостат. А мне всё, — как и теперь ночью, — всё приходит на ум... Слушай, слушай! Это давно уже было, очень давно, я и не помню когда, а всё как будто вчера передо мною, словно сон вчерашний, что сосал мне сердце всю ночь. Тоска надвое время длиннит. Сядь, сядь здесь возле меня: я всё мое горе тебе расскажу; разрази меня, проклятую, проклятием матерним... Я тебе жизнь мою предаю...

Ордынов хотел остановить ее, но она сложила руки, моля его любовь на внимание, и потом снова, еще с большей тревогой, начала говорить. Рассказ ее был бессвязен, в словах слышалась буря душевная, но Ордынов всё понимал, затем что жизнь ее стала его жизнию, горе ее — его горем и затем что враг его уже въявь стоял перед ним, воплощался и рос перед ним в каждом ее слове и как будто с неистощимой силой давил его сердце и ругался над его злобой. Кровь его волновалась, заливала сердце и путала мысли. Злой старик его сна (в это верил Ордынов) был въявь перед ним.

— Вот такая же ночь была, — начала говорить Катерина, — только грознее, и ветер выл по нашему лесу, как никогда еще не удавалось мне слышать... или уж в эту ночь началась погибель моя! Под нашим окном дуб сломило, а к нам приходит старый, седой старик нищий, и он говорил, что еще малым дитей помнил этот дуб и что он был такой же, как и тогда, когда ветер осилил его... В эту же ночь — как теперь всё помню! — у отца барки на реке бурей разбило, и он, хоть и немочь ломала его, поехал на место, как только прибежали к нам на завод рыбаки.

43

Мы с матушкой сидели одни, я дремала, она об чем-то грустила и горько плакала... да, я знала о чем! Она только что хворала, была бледна и всё говорила мне, чтоб я ей саван готовила... Вдруг слышен в полночь стук у ворот; я вскочила, кровь залила мне сердце; матушка вскрикнула... я не взглянула на нее, я боялась, взяла фонарь, пошла сама отпирать ворота... Это был он! Мне стало страшно, затем что мне всегда страшно было, как он приходил, и с самого детства так было, как только память во мне родилась У него тогда еще не было белого волоса; борода его была как смоль черна, глаза горели, словно угли, и ни разу до той поры он ласково на меня не взглянул. Он спросил: "дома ли мать?" Я затворяю калитку, говорю, что "отца нету дома". Он сказал: "знаю" — и вдруг глянул на меня, так глянул... первый раз он так глядел на меня. Я шла, а он всё стоит. "Что ты не идешь?" — "Думу думаю." Мы уж в светелку всходим. "А зачем ты сказала, что отца нету дома, когда я спрашивал, дома ли мать?" Я молчу... Матушка обмерла — к нему бросилась... он чуть взглянул, — я всё видела. Он был весь мокрый, издрогший: буря гнала его двадцать верст, — а откуда и где он бывает, ни я, ни матушка никогда не знали; мы его уж девять недель не видали... бросил шапку, скинул рукавицы — образам не молится, хозяевам не кланяется — сел у огня...

Катерина провела рукою по лицу, как будто что-то гнело и давило ее, но через минуту опять подняла голову и опять начала:

— Он стал с матерью говорить по-татарски. Мать умела, я не понимала ни слова. Другой раз, как он приходил, меня отсылали; а теперь мать родному детищу слова сказать не посмела. Нечистый купил мою душу, и я, сама себе хвалясь, смотрела на матушку. Вижу, на меня смотрят, обо мне говорят; она стала плакать; вижу, он за нож хватается, а уж не один раз, с недавнего времени, он при мне за нож хватался, когда с матерью говорил. Я встала и схватилась за его пояс, хотела у него нож его вырвать нечистый. Он скрипнул зубами, вскрикнул и хотел меня отбить — в грудь ударил, да не оттолкнул. Я думала, тут и умру, глаза заволокло, падаю наземь

44

— да не вскрикнула. Смотрю, сколько сил было видеть, снимает он пояс, засучивает руку, которой ударил меня, нож вынимает, мне дает: "На, режь ее прочь, натешься над ней, во сколько обиды моей к тебе было, а я, гордая, за то до земли тебе поклонюсь". Я нож отложила: кровь меня душить начала, на него не глянула, помню, усмехнулась, губ не разжимая, да прямо матушке в печальные очи смотрю, грозно смотрю, а у самой смех с губ не сходит бесстыдный; а мать сидит бледная, мертвая...

Ордынов с напряженным вниманием слушал несвязный рассказ; но мало-помалу тревога ее стихла на первом порыве; речь стала покойнее; воспоминания увлекли совсем бедную женщину и разбили тоску ее по всему своему безбрежному морю.

— Он взял шапку не кланяясь. Я опять взяла фонарь его провожать, вместо матушки, которая хоть больная сидела, а хотела за ним идти. Дошли мы с ним до ворот: я молчу, калитку ему отворила, собак прогнала. Смотрю — снимает он шапку и мне поклон. Вижу, идет к себе за пазуху, вынимает коробок красный, сафьянный, задвижку отводит; смотрю: бурмицкие зерна — мне на поклон. "Есть, говорит, у меня в пригородье красавица, ей вез на поклон, да не к ней завез; возьми, красная девица, полелей свою красоту, хоть ногой растопчи, да возьми". Я взяла, а ногой топтать не хотела, чести много не хотела давать, а взяла, как ехидна, не сказала ни слова на что. Пришла и поставила на стол перед матерью — для того и брала. Родимая с минуту молчала, вся как платок бела, говорить со мной словно боится. "Что ж это, Катя?" А я отвечаю: "Тебе, родная, купец приносил, я не ведаю". Смотрю, у ней слезы выдавились, дух захватило. "Не мне, Катя; не мне, дочка злая, не мне". Помню, так горько, так горько сказала, словно всю душу выплакала. Я глаза подняла, хотела ей в ноги броситься, да вдруг окаянный подсказал: "Ну, не тебе, верно, батюшке; ему передам, коль воротится; скажу: купцы были, товар позабыли..." Тут как всплачет она, родная моя... "Я сама скажу, что за купцы приезжали и за каким товаром приехали...

Уж я скажу ему, чья ты дочь, беззаконница! Ты же не дочь мне теперь, ты мне змея подколодная! Ты детище мое проклятое!" Я молчу, слезы не идут у меня... ах! словно всё во мне вымерло... Пошла я к себе в светлицу и всю-то ноченьку бурю прослушала да под бурей свои мысли слагала.

А между тем пять дён прошло. Вот ввечеру приезжает через пять дён батюшка, хмурый и грозный, да немочь-то дорогой сломила его. Смотрю, рука у него подвязана; смекнула я, что дорогу ему враг его перешел; а враг тогда утомил его и немочь наслал на него. Знала я тоже, кто его враг, всё знала. С матушкой слова не молвил, про меня не спросил, всех людей созвал, завод остановить приказал и дом от худого глаза беречь. Я почуяла сердцем в тот час, что дома у нас нездорово. Вот ждем, прошла ночь, тоже бурная, вьюжная, и тревога мне в душу запала. Отворила я окно — горит лицо, плачут очи, жжет сердце неугомонное; сама как в огне: так и хочется мне вон из светлицы, дальше, на край света, где молонья и буря родятся. Грудь моя девичья ходенем ходит... вдруг, уж" поздно, — я как будто вздремнула, иль туман мне на душу запал, разум смутил, — слышу, стучат в окно: "Отвори!" Смотрю, человек в окно по веревке вскарабкался. Я тотчас узнала, кто в гости пожаловал, отворила окно и впустила его в светлицу свою одинокую. А был он! Шапки не снял, сел на лавку, запыхался, еле дух переводит, словно погоня была. Я стала в угол и сама знаю, как вся побледнела; "Дома отец?" — "Дома". — "А мать?" — "Дома и мать". — "Молчи же теперь; слышишь!" — "Слышу". — "Что?" — "Свист под окном!" — "Ну, хочешь теперь, красная девица, с недруга голову снять, батюшку родимого кликнуть, душу мою загубить? Из твоей девичьей воли не выйду; вот и веревка, вяжи, коли сердце велит за обиду свою заступиться". Я молчу. "Что ж? промолви, радость моя?"— "Чего тебе нужно?" — "А нужно мне ворога уходить, с старой любой подобру-поздорову проститься, а новой, молодой, как ты, красной девице, душой поклониться..."

Я засмеялась; и сама не знаю, как его нечистая речь в мое сердце дошла. "Пусти ж меня, красная девица, прогуляться

46

вниз, свое сердце изведать, хозяевам поклон отнести". Я вся дрожу, стучу зубом об зуб, а сердце словно железо каленое. Пошла, дверь ему отворила, впустила в дом, только на пороге через силу промолвила: "На вот! возьми свои зерна и не дари меня другой раз никогда", и сама ему коробок вослед бросила.

Тут Катерина остановилась перевести дух; она то вздрагивала, как лист, и бледнела, то кровь всходила ей в голову, и теперь, когда она остановилась, щеки ее пылали огнем, глаза блистали сквозь слезы, и тяжелое, прерывистое дыхание колебало грудь ее. Но вдруг она опять побледнела, и голос ее упал, задрожав тревожно и грустно.

— Тогда я осталась одна, и будто буря меня кругом обхватила. Вдруг слышу крик, слышу, по двору люди до завода бегут, слышу говор: "Завод горит". Я притаилась, из дома все убежали; осталась я с матушкой. Знала я, что она с жизнью расстается, третьи сутки на смертной постели лежит, знала я, окаянная дочь!.. Вдруг слышу крик под моей светлицей, слабый, словно ребенок вскрикнул, когда во сне испугается, и потом всё затихло. Я задула свечу, сама леденею, закрылась руками, глянуть боюсь. Вдруг слышу крик подле меня, слышу, с завода люди бегут. Я в окно свесилась: вижу, несут батюшку мертвого, слышу, говорят меж собою: "Оступился, с лестницы в котел раскаленный упал; знать, нечистый его туда подтолкнул". Я припала на постель; жду, сама вся замерла и не знаю, чего и кого ждала; только тяжело у меня было в этот час. Не помню, сколько ждала; помню, что меня вдруг всю колыхать начало, голове тяжело стало, глаза выедало дымом; и рада была я, что близка моя гибель! Вдруг, слышу, кто-то меня за плеча подымает. Смотрю, сколько глядеть могу: он весь опаленный, и кафтан его, горячий на ощупь, дымится.

"За тобой пришел, красная девица; уводи ж меня от беды, как прежде на беду наводила; душу свою я за тебя сгубил. Не отмолить мне этой ночи проклятой! Разве вместе будем молиться!" Смеялся он, злой человек! "Покажи, говорит, как пройти, чтоб не мимо людей!" Я взяла его за руку и повела за собой. Прошли мы коридор — со мной ключи были —

отворила я дверь в кладовую и показала ему на окно. А окно наше в сад выходило. Он схватил меня на могучие руки, обнял и выпрыгнул со мною вон из окна. Мы побежали с ним рука в руку, долго бежали. Смотрим, густой, темный лес. Он стал слушать: "Погоня, Катя, за нами! погоня за нами, красная девица, да не в этот час нам животы свои положить! Поцелуй меня, красная девица, на любовь да на вечное счастье!" — "А отчего у тебя руки в крови?" — "Руки в крови, моя родимая? а ваших собак порезал; разлаялись больно на позднего гостя. Пойдем!" Мы опять побежали; видим, на тропинке батюшкин конь, узду перервал, из конюшни выбежал; знать, ему гореть не хотелось! "Садись, Катя, со мной! Бог наш нам помочь послал!" Я молчу. "Аль не хочешь? я ведь не нехристь какой, не нечистый; вот перекрещусь, коли хочешь", и тут он крест положил. Я села, прижалась к нему и забылась совсем у него на груди, словно сон какой нашел на меня, а как очнулась, вижу, стоим у широкой-широкой реки. Он слез, меня с лошади снял и пошел в тростник: там он лодку свою затаил. Мы уж садились. "Ну, прощай, добрый конь, ступай до нового хозяина, а старые все тебя покидают!" Я бросилась к коню батюшкину и крепко, на разлуку, обняла его. Потом мы сели, он весла взял, и мигом стало нам берегов не видать. И когда стало нам берегов не видать, смотрю, он весла сложил и кругом, по всей воде, осмотрелся.

"Здравствуй, — промолвил, — матушка, бурная реченька, божьему люду поилица, а моя кормилица! Скажи-ка, берегла ль ты мое добро без меня, целы ль товары мои!" Я молчу, очи на грудь опустила; лицо стыдом, как полымем, пышет. А он: "Уж и всё б ты взяла, бурная, ненасытная, а дала б мне обет беречь и лелеять жемчужину мою многоценную! Урони ж хоть словечко, красная девица, просияй в бурю солнцем, разгони светом темную ночь!" Говорит, а сам усмехается; жгло его сердце по мне, да усмешки его, со стыда, мне стерпеть не хотелось; хотелось слово сказать, да сробела, смолчала. "Ну, ин быть так!" — отвечает он на мою думу робкую, говорит будто с горя, самого будто горе берет. "Знать, с силы ничего не возьмешь. Бог же с тобой, спесивая, голубица моя, красная девица! Видно, сильна ко мне твоя ненависть, иль уж так не любо я твоим светлым очам приглянулся". Слушала я, и зло меня взяло, зло с любви взяло; я сердце осилила, промолвила: "Люб иль не люб ты пришелся мне, знать, не мне про то знать, а, верно, другой какой неразумной, бесстыжей, что светлицу свою девичью в темную ночь опозорила, за смертный грех душу свою продала да сердца своего не сдержала безумного; да знать про то, верно, моим горючим слезам да тому, кто чужой бедой воровски похваляется, над девичьим сердцем насмехается!" Сказала, да не стерпела, заплакала... Он помолчал, поглядел на меня так, что я, как лист, задрожала. "Слушай же, —говорит мне, — красная девица, — а у самого чудно очи горят, — не праздное слово скажу, а дам тебе великое слово: на сколько счастья мне подаришь, на столько буду и я тебе господин, а невзлюбишь когда — и не говори, слов не роняй, не трудись, а двинь только бровью своей соболиною, поведи черным глазом, мизинцем одним шевельни, и отдам тебе назад любовь твою с золотою волюшкой; только будет тут, краса моя гордая, несносимая, и моей жизни конец!" И тут вся плоть моя на его слова усмехнулася.

Тут глубокое волнение прервало было рассказ Катерины; она перевела дух, усмехнулась новой думе своей и хотела было продолжать, но вдруг сверкающий взгляд ее встретил воспаленный, прикованный к ней взгляд Ордынова. Она вздрогнула, хотела было что-то сказать, но кровь залила ей лицо... Словно в беспамятстве закрылась она руками и бросилась лицом на подушки. Всё потряслось в Ордынове! Какое-то мучительное чувство, смятение безотчетное, невыносимое, разливалось, как яд, по всем его жилам и росло с каждым словом рассказа Катерины: безвыходное стремление, страсть, жадная и невыносимая, захватила думы его, мутила его чувства. Но грусть, тяжелая, бесконечная, в то же время всё более и более давила его сердце. Минутами он хотел кричать Катерине, чтоб она замолчала, хотел броситься к ногам ее и молить своими слезами, чтоб она возвратила ему его прежние муки любви, его прежнее, безотчетное, чистое стремление, и ему жаль стало давно уже высохших слез своих. Сердце его ныло, болезненно обливаясь кровью и не давая слез уязвленной душе его. Он не понял, что говорила ему Катерина, и любовь его пугалась чувства, волновавшего бедную женщину. Он проклял страсть свою в эту минуту: она душила, томила его, и он слышал, как растопленный свинец вместо крови потек в его жилах.

— Ах, не в том мое горе, — сказала Катерина, вдруг приподняв свою голову, — что я тебе говорила теперь; не в том мое горе, — продолжала она голосом, зазвеневшим, как медь, от нового нежданного чувства, тогда как вся душа ее разрывалась от затаившихся, безвыходных слез, — не в том мое горе, не в том мука, забота моя! Что, что мне до родимой моей, хоть и не нажить мне на всем свете другой родной матушки! что мне до того, что прокляла она меня в час свой тяжелый, последний! что мне до золотой прежней жизни моей, до теплой светлицы, до девичьей волюшки! что мне до того, что продалась я нечистому и душу мою отдала погубителю, за счастие вечный грех понесла! Ах, не в том мое горе, хоть и на этом велика погибель моя! А то мне горько и рвет мне сердце, что я рабыня его опозоренная, что позор и стыд мой самой, бесстыдной, мне люб, что любо жадному сердцу и вспоминать свое горе, словно радость и счастье, — в том мое горе, что нет силы в нем и нет гнева за обиду свою!..

Дух занялся в груди бедной женщины, и судорожное, истерическое рыдание пресекло слова ее. Горячее, порывистое дыхание палило ее губы, грудь подымалась и опускалась глубоко, и непонятным негодованием сверкнули глаза ее. Но столько очарования озолотило лицо ее в эту минуту, таким страстным потоком чувства, такой невыносимой, неслыханной красотою задрожала каждая линия, каждый мускул его, что разом угасла черная дума и замолкла чистая грусть в груди Ордынова. Сердце его рвалось прижаться к ее сердцу и страстно в безумном волнении забыться в нем вместе, застучать в лад тою же бурею, тем же порывом неведомой страсти и хоть замереть с ним вместе. Катерина встретила помутившийся взор Ордынова и улыбнулась так, что удвоенным потоком огня обдало его сердце. Он едва помнил себя.

— Пожалей меня, пощади меня! — шептал он ей, сдерживая дрожащий свой голос, наклоняясь к ней, опершись рукою на ее плечо и близко, близко так, что дыхание их сливалось в одно, смотря ей в глаза. — Ты сгубила меня! Я твоего горя не знаю, и душа моя смутилась... Что мне до того, об чем плачет твое сердце! Скажи, что ты хочешь... я сделаю. Пойдем же со мной, пойдем, не убей меня, не мертви меня!..

Катерина смотрела на него неподвижно; слезы высохли на горячих щеках ее. Она хотела прервать его, взяла его за руку, хотела сама что-то говорить и как будто не находила слов. Какая-то странная улыбка медленно появилась на ее губах, словно смех пробивался сквозь эту улыбку.

— Не всё ж я, знать, тебе рассказала, — проговорила она наконец прерывистым голосом. — Еще расскажу; только будешь ли, будешь ли слушать меня, горячее сердце? Послушай сестрицу свою! Знать, мало опознал ты ее лютого горя! Хотела б я рассказать, как я с ним год прожила, да не стану... А минул год, ушел он с товарищами вниз по реке, и осталась я у названой матушки его во пристани ждать. Жду его месяц-другой — и повстречалась я в пригородье с молодым купцом, взглянула на него и вспомнила про былые годы золотые. "Любушка-сестрица! — говорит он, как два слова перемолвил со мной. — Я Алеша, твой названый суженый, нас детьми старики на словах повенчали; забыла меня, вспомни-ка, я из вашего места..." — "А что говорят обо мне в вашем месте?" — "А говорит людской толк, что ты нечестно пошла, девичий стыд позабыла, с разбойником, душегубцем спозналась", — говорит мне Алеша, смеясь. — "А ты что про меня говорил?" — "Много хотел говорить, как сюда подъезжал, — и смутилось в нем сердце, — много сказать захотелось, а теперь душа у меня помертвела, как завидел тебя; сгубила ты меня! — говорит. — Купи ж и мою душу, возьми ее, хоть насмейся над сердцем,

51

любовью моей, красная девица. Я теперь сиротинушка, хозяин свой, и душа-то моя своя, не чужая, не продавал ее никому, как иная, что память свою загасила, а сердце не покупать стать, даром отдам, да, видно, дело оно наживное!" Я засмеялась; и не раз и не два говорил — целый месяц в усадьбе живет, бросил товары, своих отпустил, один-одинешенек. Жаль мне стало его сиротских слез. Вот и сказала я ему раз поутру: "Жди меня, Алеша, как стемнеет ночь, пониже у пристани; поедем с тобой в твое место! опостылела мне жизнь моя горемычная!" Вот ночь пришла, я узелок навязала, и душа заныла, заиграла во мне. Смотрю, входит хозяин мой нежданно-неведомо. "Здравствуй; пойдем; на реке будет буря, а время не ждет". Я пошла за ним; к реке подошли, а до своих было далеко плыть; смотрим: лодка и знакомый в ней гребец сидит, словно поджидает кого. "Здравствуй, Алеша, бог в помочь тебе! Что? аль на пристани запоздал, на суда свои поспешаешь? Довези-ка, добрый человек, вот меня, да с хозяюшкой, к своим в наше место; лодку свою я отпустил, а вплавь пойти не умею". — "Садись, — сказал Алеша, а у меня вся душа изныла, как заслышала я голос его. — Садись и с хозяюшкой; ветер для всех, а в моем терему и для вас будет место". Сели; ночь была темная, звезды попрятались, ветер завыл, встала волна, а от берега мы с версту отъехали. Все трое молчим.

"Буря! — говорит мой хозяин. — И не к добру эта буря! Такой бури я сродясь еще на реке не видал, какая теперь разыграется! Тяжело нашей лодке! не сносить ей троих!" — "Да, не сносить, — отвечает Алеша, — и один из нас, знать, лишний выходит"; говорит, а у самого голос дрожит, как струна. "А что, Алеша? знал я тебя малым дитей, братался с твоим родным батюшкой, хлеб-соль вместе водили, — скажи мне, Алеша, дойдешь ли без лодки до берега иль сгинешь ни за что, душу погубишь свою?" — "Не дойду! — А ты, добрый человек, как случится, неровен час, и тебе порой водицы испить, дойдешь или нет?" — "Не дойду; тут и конец моей душеньке, не сносить меня бурной реке! — Слушай же ты теперь, Катеринушка, жемчужина моя многоценная! помню я одну такую же ночь, только тогда не колыхалась волна, звезды сияли и месяц светил... Хочу тебя так, спроста, спросить, не забыла ли ты?" — "Помню", — я говорю... "А как не забыла ее, так и уговора не забыла, как учил один молодец одну красну девицу волюшку свою похитить назад у немилова, —а?" — "Нет, и того не забыла", — говорю, а сама ни жива ни мертва. "А, не забыла! так вот теперь в лодке нам тяжело. Уж не пришло ли чье время? Скажи, родная, скажи, голубица, проворкуй нам по-голубиному свое слово ласковое..."

— Я слова моего не сказала тогда! — прошептала Катерина, бледная... Она не докончила.

— Катерина! — раздался над ними глухой, хриплый голос.

Ордынов вздрогнул. В дверях стоял Мурин. Он был едва закрыт меховым одеялом, бледен как смерть и смотрел на них почти обезумевшим взглядом. Катерина бледнела больше и больше и тоже смотрела на него неподвижно, как будто очарованная.

— Иди ко мне, Катерина! — прошептал больной едва слышным голосом и вышел из комнаты. Катерина всё еще смотрела неподвижно в воздух, всё будто бы еще старик стоял перед нею. Но вдруг кровь мгновенно опалила ее бледные щеки, и она медленно приподнялась с постели. Ордынов вспомнил первую встречу.

— Так до завтра же, слезы мои! — сказала она, как-то странно усмехаясь. — До завтра! Помни ж, на чем перестала я: "Выбирай из двух: кто люб или не люб тебе, красная девица!" Будешь помнить, подождешь одну ночку? — повторила она, положив ему свои руки на плеча и нежно смотря на него.

— Катерина, не ходи, не губи себя! Он сумасшедший! — шептал Ордынов, дрожа за нее.

— Катерина! — раздался голос за перегородкой.

— Что ж? зарежет небось? — отвечала, смеясь, Катерина. — Доброй ночи тебе, сердце мое ненаглядное, голубь горячий мой, братец родной! — говорила она, нежно прижав его голову к груди своей, тогда как слезы оросили вдруг лицо ее. — Это последние слезы. Переспи ж свое горе, любезный мой, проснешься завтра на радость. — И она страстно поцеловала его.

— Катерина! Катерина! — шептал Ордынов, упав перед ней на колени и порываясь остановить ее. — Катерина!

Она обернулась, улыбаясь кивнула ему головою и вышла из комнаты. Ордынов слышал, как она вошла к Мурину; он затаил дыхание, прислушиваясь; но ни звука не услышал он более. Старик молчал или, может быть, опять был без памяти... Он хотел было идти к ней туда, но ноги его подкашивались... Он ослабел и присел на постели...

II

Долго не мог он узнать часа, когда очнулся. Были рассвет или сумерки; в комнате всё еще было темно. Он не мог означить именно, сколько времени спал, но чувствовал, что сон его был сном болезненным. Опомнясь, он провел рукой по лицу, как будто снимая с себя сон и ночные видения. Но когда он хотел ступить на пол, то почувствовал, что как будто всё тело его было разбито и истомленные члены отказывались повиноваться. Голова его болела и кружилась, и всё тело обдавало то мелкою дрожью, то пламенем. Вместе с сознанием воротилась и память, и сердце его дрогнуло, когда в один миг пережил он воспоминанием всю прошлую ночь. Сердце его сильно билось в ответ на его раздумье, так горячи, свежи были его ощущения, что как будто не ночь, не долгие часы, а одна минута прошла по уходе Катерины. Он чувствовал, что глаза его еще не обсохли от слез, — или новые, свежие слезы брызнули как родник из горячей души его? И, чудное дело! ему даже сладостны были муки его, хотя он глухо слышал всем составом своим, что не вынесет более такого насилия. Была минута, когда он почти чувствовал смерть и готов был встретить ее как светлую гостью: так напряглись его впечатления, таким могучим порывом закипела по пробуждении вновь его страсть, таким восторгом обдало душу его, что жизнь, ускоренная напряженною деятельностью, казалось, готова была перерваться, разрушиться, истлеть в один миг и угаснуть навеки. Почти в эту ж минуту, как бы в ответ на тоску его, в ответ его задрожавшему сердцу, зазвучал знакомый, —как та внутренняя музыка, знакомая душе человека в час радости о жизни своей, в час безмятежного счастья, — густой, серебряный голос Катерины. Близко, возле, почти над изголовьем его, началась песня, сначала тихо и заунывно... Голос то возвышался, то опадал, судорожно замирая, словно тай про себя и нежно лелея свою же мятежную муку ненасытимого, сдавленного желания, безвыходно затаенного в тоскующем сердце; то снова разливался соловьиною трелью и, весь дрожа, пламенея уже несдержимого страстию, разливался в целое море восторгов, в море могучих, беспредельных, как первый миг блаженства любви, звуков. Ордынов отличал и слова: они были просты, задушевны, сложенные давно, прямым, спокойным, чистым и ясным самому себе чувством. Но он забывал их, он слышал лишь одни звуки. Сквозь простой, наивный склад песни ему сверкали другие слова, гремевшие всем стремлением, которое наполняло его же грудь, давшие отклик сокровеннейшим, ему же неведомым, изгибам страсти его, прозвучавшим ему же ясно, целым сознанием, о ней. И то слышался ему последний стон безвыходно замершего в страсти сердца, то радость воли и духа, разбившего цепи свои и устремившегося светло и свободно в неисходное море невозбранной любви; то слышалась первая клятва любовницы с благоуханным стыдом за первую краску в лице, с молениями, со слезами, с таинственным, робким шепотом; то желание вакханки, гордое и радостное силой своей, без покрова, без тайны, с сверкающим смехом обводящее кругом опьяневшие очи...

Ордынов не выдержал окончания песни и встал с постели. Песня тотчас затихла.

— Доброе утро с добрым днем прошли, мой желанный! — зазвучал голос Катерины, — добрый вечер тебе! Встань, приди

55

к нам, пробудись на светлую радость; ждем тебя, я да хозяин, люди всё добрые, твоей воле покорные; загаси любовью ненависть, коли всё еще сердце обидой болит. Скажи слово ласковое!..

Ордынов уже вышел из комнаты на первый оклик ее, и едва понял он, что входит к хозяевам. Перед ним отворилась дверь, и, ясна как солнце, заблестела ему золотая улыбка чудной его хозяйки. В этот миг он Не видал, не слыхал никого, кроме ее. Мгновенно вся жизнь, вся радость его слились в одно в его сердце — в светлый образ его Катерины.

— Две зари прошло, — сказала она, подавая ему свои руки, — как мы попрощались с тобой; вторая гаснет теперь, посмотри в окно. Словно две зари души красной девицы, — промолвила, смеясь, Катерина, — одна, что первым стыдом лицо разрумянит, как впервинки скажется в груди одинокое девичье сердце, а другая, как забудет первый стыд красная девица, горит словно полымем, давит девичью грудь и гонит в лицо румяную кровь... Ступай, ступай в наш дом, добрый молодец! Что стоишь на пороге? Честь тебе да любовь, да поклон от хозяина!

С звонким, как музыка, смехом взяла она руку Ордынова и ввела его в комнату. Робость вошла в его сердце. Всё пламя, весь пожар, пламеневший в груди его, словно истлели и угасли в один миг и на один миг; он с смущением опустил глаза и боялся смотреть на нее. Он чувствовал, что она так чудно прекрасна, что не сносить его сердцу знойного ее взгляда. Никогда еще он не видал так своей Катерины. Смех и веселье в первый раз засверкали в лице ее и иссушили грустные слезы на ее черных ресницах. Его рука дрожала в ее руке. И если б он поднял глаза, то увидел бы, что Катерина с торжествующей улыбкой приковала светлые очи к лицу его, отуманенному смущением и страстью.

— Встань же, старый! — сказала она наконец, как будто сама только опомнившись, —скажи гостю слово приветливое. Гость что брат родной! Встань же, непоклонный, спесивый старинушка, встань, поклонись, гостя за белые руки возьми, посади за стол!

Ордынов поднял глаза и как будто теперь лишь опомнился. Он теперь только подумал о Мурине. Глаза старика, словно потухавшие в предсмертной тоске, смотрели на него неподвижно; и с болью в душе вспомнил он этот взгляд, сверкнувший ему в последний раз из-под нависших черных, сжатых, как и теперь, тоскою и гневом бровей. Голова его слегка закружилась. Он огляделся кругом и теперь только сообразил всё ясно, отчетливо. Мурин всё еще лежал на постели, но он был почти одет и как будто уже вставал и выходил в это утро. Шея была обвязана, как и прежде, красным платком, на ногах были туфли; болезнь, очевидно, прошла, только лицо всё еще было страшно бледно и желто. Катерина стояла возле постели, опершись рукою на стол, и внимательно смотрела на обоих. Но приветливая улыбка не сходила с лица ее. Казалось, всё делалось по ее мановению.

— Да! Это ты, — сказал Мурин, приподымаясь и садясь на постели. — Ты мой жилец. Виноват я перед тобою, барин, согрешил и обидел тебя незнамо-неведомо, пошалил намедни с ружьем. Кто ж те знал, что на тебя тоже находит черная немочь? А со мною случается, — прибавил он хриплым, болезненным голосом, хмуря брови свои и невольно отводя глаза от Ордынова. — Беда идет — не стучит в ворота, как вор подползет! Я и ей чуть ножа ономнясь в грудь не всадил... — примолвил он, кивнув головой на Катерину. — Болен я, припадок находит, ну, и довольно с тебя! Садись — будешь гость!

Ордынов всё еще пристально смотрел на него.

— Садись же, садись! — крикнул старик в нетерпении, — садись, коли ей это любо! Ишь вы, побратались, единоутробные! Слюбились, словно любовники!

Ордынов сел.

— Видишь, сестрица какая, — продолжал старик, засмеявшись и показав два ряда своих белых, целых до единого зубов. — Милуйтесь, родные мои! Хороша ль у тебя сестрица, барин? скажи, отвечай! На, смотри-ка, как щеки ее полымем пышат. Да оглянись же, почествуй всему свету красавицу! Покажи, что болит по ней ретивое!

57

Ордынов нахмурил брови и злобно посмотрел на старика. Тот вздрогнул от его взгляда. Слепое бешенство закипело в груди Ордынова. Он каким-то животным инстинктом чуял близ себя врага насмерть. Он сам не мог понять, что с ним делается, рассудок отказывался служить ему.

— Не смотри! — раздался голос сзади его. Ордынов оглянулся.

— Не смотри же, не смотри, говорю, коли бес наущает, пожалей свою любу, — говорила, смеясь, Катерина и вдруг сзади закрыла рукою глаза его; потом тотчас же отняла свои руки и закрылась сама. Но краска лица как будто пробивалась сквозь ее пальцы. Она отняла руки и, вся горя как огонь, попробовала светло и нетрепетно встретит" их смех и любопытные взгляды. Но оба молча глядели на нее — Ордынов с каким-то изумлением любви, как будто в первый раз такая страшная красота пронзила сердце его; старик внимательно, холодно. Ничего не выражалось на его бледном лице; только губы синели и слегка трепетали.

Катерина подошла к столу, уже не смеясь более, и стала убирать книги, бумаги, чернилицу, всё, что было на столе, и сложила всё на окно. Она дышала скоро, прерывисто и по временам жадно впивала в себя воздух, как будто ей сердце теснило. Тяжело, словно волна прибрежная, опускалась и вновь подымалась ее полная грудь. Она потупила глаза, и черные, смолистые ресницы, как острые иглы, заблистали на светлых щеках ее...

— Царь-девица! — сказал старик.

— Владычица моя! — прошептал Ордынов, дрогнув всем телом. Он опомнился, заслышав на себе взгляд старика: как молния, сверкнул этот взгляд на мгновение— жадный, злой, холодно-презрительный. Ордынов привстал было с места, но как будто невидимая сила сковала ему ноги. Он снова уселся. Порой он сжимал свою руку, как будто не доверяя действительности. Ему казалось, что кошмар его душит и что на глазах его всё еще лежит страдальческий, болезненный сон. Но чудное дело! Ему не хотелось проснуться...

Катерина сняла со стола старый ковер, потом открыла сундук, вынула из него драгоценную скатерть, всю расшитую яркими шелками и золотом, и накрыла ею на стол; потом вынула из шкафа старинный, прадедовский, весь серебряный поставец, поставила его на середину стола и отделила от него три серебряные чарки — хозяину, гостю и чару себе; потом важным, почти задумчивым взглядом посмотрела на старика и на гостя.

— Кто ж из нас кому люб иль не люб? — сказала она. — Кто не люб кому, тот мне люб и со мной будет пить свою чару. А мне всяк из вас люб, всяк родной: так пить всем на любовь и согласье!

— Пить да черную думу в вине топить! — сказал старик изменившимся голосом. — Наливай, Катерина!

— А ты велишь наливать? — спросила Катерина, смотря на Ордынова.

Ордынов молча подвинул свою чарку.

— Стой! У кого какая загадка и думушка, пусть по его же хотенью и сбудется! — сказал старик, подняв свою чару.

Все стукнули чарками и выпили.

— Давай же мы теперь выпьем с тобой, старина! — сказала Катерина, обращаясь к хозяину. — Выпьем, коли ласково твое сердце ко мне! выпьем за прожитое счастье, ударим поклон прожитым годам, сердцем за счастье да любовью поклонимся! Вели ж наливать, коли горячо твое сердце ко мне!

— Винцо твое крепко, голубица моя, а сама только губки помочишь! — сказал старик, смеясь и подставляя вновь свою чару.

— Ну, я отхлебну, а ты пей до дна!.. Что жить, старинушка, тяжелую думу за собой волочить; а только сердце ноет с думы тяжелой! Думушка с горя идет, думушка горе зовет, а при счастье живется без думушки! Пей, старина! Утопи свою думушку!

— Много ж, знать, горя у тебя накипело, коли так на него ополчаешься! Знать, разом хочешь покончить, белая голубка моя. Пью с тобой, Катя! А у тебя есть ли горе, барин, коль позволишь спросить?

— Что есть, то есть про себя, — прошептал Ордынов, не сводя глаз с Катерины.

— Слышал, старинушка? Я и сама себя долго не знала, не помнила, а пришло время, всё спознала и вспомнила; всё, что прошло, ненасытной душой опять прожила.

— Да, горько, коль на бывалом одном пробиваться начнешь, — сказал старик задумчиво. — Что прошло, как вино пропито! Что в прошлом счастье? Кафтан износил, и долой.

— Новый надо! — подхватила Катерина, засмеявшись с натуги, тогда как две крупные слезинки повисли, как алмазы, на сверкнувших ресницах. —Знать, веку минутой одной не прожить, да и девичье сердце живуче, не угоняешься в лад! Спознал, старина? Смотри, я в твоей чаре слезинку мою схоронила!

— А за много ль счастья ты свое горе купила? сказал Ордынов, и голос его задрожал от волнения.

— Знать, у тебя, барин, своего много продажного! отвечал старик, — что суешься непрошеный. — И он злобно и неслышно захохотал, нагло смотря на Ордынова.

— А за что продала, то и было, — отвечала Катерина как будто недовольным, обиженным голосом. — Одному кажется много, другому мало. Один всё отдать хочет, взять нечего, другой ничего не сулит, да за ним идет сердце послушное! А ты не кори человека, — примолвила она, грустно смотря на Ордынова, — один такой человек, другой не тот человек, а будто знаешь, зачем к кому душа просится! Наливай же свою чару, старик! Выпей за счастье твоей дочки любезной, рабыни твоей тихой, покорной, как впервинки была, как с тобой спозналась. Подымай свою чару!

— Ин быть так! Наливай же свою! — сказал старик, взяв вино.

— Стой, старина! подожди пить, дай прежде слово сказать!..

Катерина облокотилась руками на стол и пристально разгоревшимися, страстными очами смотрела в глаза старику. Какая-то странная решимость сияла в глазах ее. Но все движения ее были беспокойны, жесты отрывисты, неожиданны, скоры. Она была вся словно в огне, и чудно делалось это. Но как будто красота ее росла вместе с волнением, с одушевлением ее. Из полуоткрытых улыбкою губ, выказывавших два ряда белых, ровных, как жемчуг, зубов, вылетало порывистое дыхание, слегка приподымая ее ноздри. Грудь волновалась; коса, три раза обернутая на затылке, небрежно слегка упала на левое ухо и прикрыла часть горячей щеки. Легкий пот пробивался у ней на висках.

— Загадай, старина! Загадай мне, родимый мой, загадай прежде, чем ум пропьешь; вот тебе ладонь моя белая! Ведь недаром тебя у нас колдуном люди прозвали. Ты же по книгам учился и всякую черную грамоту знаешь! Погляди же, старинушка, расскажи мне всю долю мою горемычную; только, смотри, не солги! Ну, скажи, как сам знаешь, — будет ли счастье дочке твоей, иль не простишь ты ее и накличешь ей на дорогу одну злую долю-кручинушку? Скажи, тепел ли будет мой угол, где обживусь, иль, как пташка перелетная, весь век сиротинушкой буду меж добрых людей своего места искать? Скажи, кто мне недруг, кто любовь мне готовит, кто зло про меня замышляет? Скажи, в одиночку ль моему сердцу, молодому, горячему, век прожить и до века заглохнуть, иль найдет оно ровню себе да в лад с ним на радость забьется... до нового горя! Угадай уж за один раз, старинушка, в каком синем небе, за какими морями-лесами сокол мой ясный живет, где, да и зорко ль, себе соколицу высматривает, да и любовно ль он ждет, крепко ль полюбит, скоро ль разлюбит, обманет иль не обманет меня? Да уж зараз всё одно к одному, скажи мне в последний, старинушка, долго ль нам с тобой век коротать, в углу черством сидеть, черные книги читать; да когда мне тебе, старина, низко кланяться, подобру-поздорову прощаться, за хлеб-соль благодарить, что поил, кормил, сказки сказывал?.. Да, смотри же, всю правду скажи, не солги; пришло время, постой за себя!

Одушевление ее росло всё более и более до последнего слова, как вдруг ее голос пресекся от волнения, будто какой-то вихрь увлекал ее сердце. Глаза ее сверкнули, и верхняя губа слегка задрожала. Слышно было, как злая насмешка змеилась и пряталась в каждом слове ее, но как будто плач звенел в ее смехе. Она наклонилась через стол к старику и пристально, с жадным вниманием смотрела в помутившиеся глаза его. Ордынов слышал, как вдруг застучало ее сердце, когда она кончила; он вскрикнул от восторга, когда взглянул на нее, и привстал было со скамьи. Но беглый, мгновенный взгляд старика опять приковал его к месту. Какая-то странная смесь презренья, насмешки, нетерпеливого, досадного беспокойства и вместе с тем злого, лукавого любопытства светились в этом беглом, мгновенном взгляде, от которого каждый раз вздрагивал Ордынов и который каждый раз наполнял его сердце желчью, досадой и бессильною злобой.

Задумчиво и с каким-то грустным любопытством смотрел старик на свою Катерину. Сердце его было уязвлено, слова были сказаны. Но даже бровь не шевельнулась в лице его! Он только улыбнулся, когда она кончила.

— Много ж ты разом хотела узнать, птенчик мой оперившийся, пташка моя встрепенувшаяся! Наливай же мне скорее чару глубокую; выпьем сначала на размирье да на добрую волю; не то чьим-нибудь глазом черным, нечистым мое пожелание испорчу. Бес силен! далеко ль до греха!

Он поднял свою чару и выпил. Чем больше пил он вина, тем становился бледнее. Глаза его стали красны, как угли. Видно было, что лихорадочный блеск их и внезапная, мертвенная синева лица предвещала скоро новый припадок болезни. Вино ж было крепкое, так что с одной выпитой чарки всё более и более мутились глаза Ордынова. Лихорадочно воспаленная кровь его не могла долее выдержать: она заливала его сердце, мутила и путала разум. Беспокойство его росло всё сильнее и сильнее. Он налил и отхлебнул еще, сам не зная, что делает, чем помочь возраставшему волнению своему, и кровь еще быстрее полетела по его жилам. Он был как в бреду и едва мог следить, напрягая всё внимание, за тем, что происходило между странных хозяев его.

Старик звонко стукнул серебряной чаркой об стол.

— Наливай, Катерина! — вскричал он. — Наливай еще, злая дочка, наливай до упаду! Уложи старика на покой, да и полно с него! Вот так, наливай еще, наливай мне, красавица! Выпьем с тобой! Что ж ты мало пила? Али я не видал...

Катерина что-то отвечала ему, но Ордынов не расслышал, что именно: старик не дал ей кончить; он схватил ее за руку, как бы не в силах более сдержать всего, что теснилось в груди его. Лицо его было бледно; глаза то мутились, то вспыхивали ярким огнем; побелевшие губы дрожали, и неровным, смятенным голосом, в котором сверкал минутами какой-то странный восторг, он сказал ей:

— Давай ручку, красавица! давай загадаю, всю правду скажу. Я и впрямь колдун; знать, не ошиблась ты, Катерина! знать, правду сказало сердечко твое золотое, что один я ему колдун и правды не потаю от него, простого, нехитрого! Да одного не спознала ты: не мне, колдуну, тебя учить уму-разуму! Разум не воля для девицы, и слышит всю правду, да словно не знала, не ведала! У самой голова — змея хитрая, хоть и сердце слезой обливается! Сама путь найдет, меж бедой ползком проползет, сбережет волю хитрую! Где умом возьмет, а где умом не возьмет, красой затуманит, черным глазом ум опьянит, — краса силу ломит; и железное сердце, да пополам распаяется! Уж и будет ли у тебя печаль со кручинушкой? Тяжела печаль человеческая! Да на слабое сердце не бывает беды! Беда с крепким сердцем знакомится, втихомолку кровавой слезой отливается да на сладкий позор к добрым людям не просится: твое ж горе. девица, словно след на песке, дождем вымоет, солнцем высушит, буйным ветром снесет, заметет! Пусть и еще скажу, поколдую: кто полюбит тебя, тому ты в рабыни пойдешь, сама волюшку свяжешь, в заклад отдашь, да уж и назад не возьмешь; в пору вовремя разлюбить не сумеешь; положишь зерно, а губитель твой возьмет назад целым колосом! Дитя мое нежное, золотая головушка, схоронила ты в чарке моей свою слезинку-жемчужинку, да по ней не стерпела, тут же сто пролила, словцо красное потеряла

63

да горем-головушкой своей похвалилася! Да по ней, по слезинке, небесной росинке, тебе и тужить-горевать не приходится! Отольется она тебе с лихвою, твоя слезинка жемчужная, в долгую ночь, в горемычную ночь, когда станет грызть тебя злая кручинушка, нечистая думушка, — тогда на твое сердце горячее, всё за ту же слезинку, капнет тебе чья-то иная слеза, да кровавая, да не теплая, а словно топленый свинец; до крови белу грудь разожжет, и до утра, тоскливого, хмурого, что приходит в ненастные дни, ты в постельке своей прометаешься, алу кровь точа, и не залечишь своей ранки свежей до другого утра! Налей еще, Катерина, налей, голубица моя, налей мне за мудрый совет; а дальше, знать, слов терять нечего...

Голос его ослабел и задрожал: казалось, рыдание готово было прорваться из груди его... Он налил вина и жадно выпил новую чару; потом снова стукнул чаркой об стол. Мутный взгляд его еще раз вспыхнул пламенем.

— А! живи, как живется! — вскричал он. — Что прошло, то уж с плеч долой! Наливай мне, еще наливай, всё подноси тяжелую чару, чтобы резала головушку буйную с плеч, чтоб вся душа от нее замертвела! Уложи на долгую ночь, да без утра, да чтобы память совсем отошла. Что пропито, то прожито! Знать заглох у купца товар, залежался, даром с рук отдает А не продал бы своей волей вольною его тот купец ниже своей цены, отлилась бы и вражья кровь, пролилась бы и кровь неповинная, да в придачу положил бы тот покупщик свою погибшую душеньку! Наливай, наливай мне еще, Катерина!..

Но рука его, державшая чару, как будто замерла и не двигалась; он дышал тяжело и трудно, голова его невольно склонилась. В последний раз он вперил тусклый взгляд на Ордынова, но и этот взгляд потух наконец, и веки его упали, словно свинцовые. Смертная бледность разлилась по лицу его... Еще несколько времени губы его шевелились и вздрагивали, как бы силясь еще что-то промолвить, — и вдруг слеза, горячая, крупная, нависла с ресниц его, порвалась и медленно покатилась по бледной щеке... Ордынов был не в силах выдержать более. Он привстал и, пошатнувшись, ступил шаг вперед, подошел к Катерине и схватил ее за руку; но она и не взглянула на него, как будто его не приметила, как будто не признала его...

Она как будто тоже теряла сознание, как будто одна мысль, одна неподвижная идея увлекла ее всю. Она припала к груди спящего старика, обвила своей белой рукой его шею и пристально, словно приковалась к нему, смотрела на него огневым, воспаленным взглядом. Она будто не слыхала, как Ордынов взял ее за руку. Наконец она повернула к нему свою голову и посмотрела на него долгим, пронзающим взглядом. Казалось, что она поняла наконец его, и тяжелая, удивленная улыбка, тягостно, как будто с болью, выдавилась на губах ее...

— Поди, поди прочь, — прошептала она, — ты пьяный и злой! Ты не гость мне!.. — Тут она снова обратилась к старику и опять приковалась к нему своими очами.

Она как будто стерегла каждое дыхание его и взглядом своим лелеяла его сон. Она как будто боялась сама дохнуть, сдерживая вскипевшее сердце. И столько исступленного любования было в сердце ее, что разом отчаяние, бешенство и неистощимая злоба захватили дух Ордынова...

— Катерина! Катерина!-звал он, сжимая, как в тисках, ее руку.

Чувство боли прошло по лицу ее; она опять подняла свою голову и посмотрела на него с такою насмешкой, так презрительно-нагло, что он едва устоял на ногах. Потом она указала ему на спящего старика и — как будто вся насмешка врага его перешла ей в глаза — терзающим, леденящим взглядом опять взглянула на Ордынова.

— Что? зарежет небось?— проговорил Ордынов, не помня себя от бешенства.

Словно демон его шепнул ему на ухо, что он ее понял... И всё сердце его засмеялось на неподвижную мысль Катерины...

— Куплю ж я тебя, красота моя, у купца твоего, коль тебе души моей надобно! Небось не зарезать ему!..

Неподвижный смех, мертвивший всё существо Ордынова,

не сходил с лица Катерины. Неистощимая насмешка разорвала на части его сердце. Не помня, почти не сознавая себя, он облокотился рукою об стену и снял с гвоздя дорогой, старинный нож старика. Как будто изумление отразилось на лице Катерины; но как будто в то же время злость и презрение впервые с такой силой отразились в глазах ее. Ордынову дурно становилось, смотря на нее... Он чувствовал, что как будто кто-то вырывал, подмывал потерявшуюся руку его на безумство; он вынул нож... Катерина неподвижно, словно не дыша более, следила за ним...

Он взглянул на старика...

В эту минуту ему показалось, что один глаз старика медленно открывался и, смеясь, смотрел на него. Глаза их встретились. Несколько минут Ордынов смотрел на него неподвижно... Вдруг ему показалось, что всё лицо старика засмеялось и что дьявольский, убивающий, леденящий хохот раздался наконец по комнате. Безобразная, черная мысль, как змея, проползла в голове его. Он задрожал; нож выпал из рук его и зазвенел на полу. Катерина вскрикнула, как будто очнувшись от забытья, от кошмара, от тяжелого, неподвижного виденья... Старик, бледный, медленно поднялся с постели и злобно оттолкнул ногой нож в угол комнаты. Катерина стояла бледная, помертвелая, неподвижная; глаза ее закрывались; глухая, невыносимая боль судорожно выдавилась на лице ее; она закрылась руками и с криком, раздирающим душу, почти бездыханная, упала к ногам старика...

— Алеша! Алеша! — вырвалось из стесненной груди ее...

Старик обхватил ее могучими руками и почти сдавил на груди своей. Но когда она спрятала у сердца его свою голову, таким обнаженным, бесстыдным смехом засмеялась каждая черточка на лице старика, что ужасом обдало весь состав Ордынова. Обман, расчет, холодное, ревнивое тиранство и ужас над бедным, разорванным сердцем — вот что понял он в этом бесстыдно не таившемся более смехе...

III

Когда Ордынов, бледный, встревоженный, еще не опомнившийся от вчерашней тревоги, отворил на другой день, часов в восемь утра, дверь к Ярославу Ильичу, к которому пришел, впрочем, сам не зная зачем, то отшатнулся от изумления и как вкопанный стал на пороге, увидя в комнате Мурина. Старик был еще бледнее Ордынова и, казалось, едва стоял на ногах от болезни; впрочем, сесть не хотел, несмотря ни на какие приглашения вполне счастливого таким посещением Ярослава Ильича. Ярослав Ильич тоже вскрикнул, завидев Ордынова, но почти в ту же минуту радость его прошла, и какое-то замешательство застигло его вдруг, совершенно врасплох, на полдороге от стола к соседнему стулу. Очевидно было, что он не знал, что сказать, что сделать, и вполне сознавал всю неприличность сосать в такую хлопотливую минуту, оставив гостя в стороне, одного как он есть, свой чубучок, а между тем (так сильно было смущение его) все-таки тянул из чубучка что было силы и даже почти с некоторым вдохновением. Ордынов вошел наконец в комнату. Он бросил беглый взгляд на Мурина. Что-то похожее на вчерашнюю злую улыбку, от которой и теперь бросило в дрожь и в негодование Ордынова, проскользнуло по лицу старика. Впрочем, всё враждебное тотчас же скрылось и сгладилось, и выражение лица его приняло вид самый неприступный и замкнутый. Он отвесил пренизкий поклон жильцу своему... Вся эта сцена воскресила наконец сознание Ордынова. Он пристально посмотрел на Ярослава Ильича, желая вникнуть в положение дела. Ярослав Ильич затрепетал и замялся.

— Войдите ж, войдите, — примолвил он наконец, — войдите, драгоценнейший Василий Михайлович, осените прибытием и положите печать... на все эти обыкновенные предметы... — проговорил Ярослав Ильич, показав рукой в один угол комнаты, покраснев, как махровая роза, сбившись, запутавшись в сердцах на то, что самая благородная фраза

67

завязла и лопнула даром, и с громом подвинул стул на самую средину комнаты.

— Я вам не мешаю, Ярослав Ильич, я хотел... на две минуты.

— Помилуйте! возможно ли вам мне помешать-с... Василий Михайлович! Но — позвольте чайку-с! Эй! служба!.. Я уверен, что и вы не откажетесь еще одну чашечку!

Мурин кивнул головою, дав знать таким образом, что совсем не откажется.

Ярослав Ильич закричал на вошедшую службу и наистрожайшим образом потребовал еще три стакана, затем сел возле Ордынова. Несколько времени он вертел свою голову, как гипсовый котенок, то вправо, то влево, от Мурина к Ордынову и от Ордынова к Мурину. Положение его было весьма неприятное. Ему, очевидно, что-то хотелось сказать, по идеям его весьма щекотливое, по крайней мере для одной стороны. Но при всех усилиях своих он решительно не мог вымолвить слова... Ордынов тоже как будто находился в недоумении. Была минута, когда оба они разом вдруг принялись говорить... Молчаливый Мурин, наблюдавший их с любопытством, медленно расправил рот и показал зубы свои все до единого...

— Я пришел объявить вам, — вдруг начал Ордынов, — что по самому неприятному случаю принужден оставить квартиру, и...

— Представьте себе, какой странный случай! — перебил вдруг Ярослав Ильич. — Я, признаюсь, был вне себя от изумления, когда этот почтенный старик объявил мне сегодня поутру ваше решение. Но...

— Он объявил вам? — спросил с изумлением Ордынов, смотря на Мурина.

Мурин погладил свою бороду и засмеялся в рукав.

— Да-с, — подхватил Ярослав Ильич, — впрочем, я могу еще ошибаться. Но, смело скажу, для вас — честью моею могу вам ручаться, что для вас в словах этого почтенного старика не было ни тени обидного!..

Тут Ярослав Ильич покраснел и через силу подавил свое волнение. Мурин, как будто натешась наконец вдоволь замешательством хозяина и гостя, ступил шаг вперед.

— Я вот про то, ваше благородие, — начал он, с вежливостию поклонившись Ордынову, — их благородие на ваш счет маленько утрудить посмел... Оно, того, сударь, выходит — сами знаете — я и хозяйка, то есть, рады бы душою и волею, и слова бы сказать не посмели... да житье-то мое какое, сами знаете, сами видите, сударь! А право, только что животы господь бережет, за то и молим святую волю его; а то, сами видите, сударь, взвыть мне, что ли, приходится? — Тут Мурин опять утер рукавом свою бороду.

Ордынову почти делалось дурно.

— Да, да, я вам сам про него говорил: больной, то есть это malheur... то есть я было хотел выразиться по-французски, но, извините, я по-французски не так свободно, то есть...

— Да-с...

— Да-с, то есть...

Ордынов и Ярослав Ильич сделали друг другу по полупоклону, каждый с своего стула и несколько набок, и оба прикрыли возникшее недоумение извинительным смехом. Деловой Ярослав Ильич тотчас поправился.

— Я, впрочем, подробно расспрашивал этого честного человека, — начал он, — он мне говорил, что болезнь той женщины...

Тут щекотливый Ярослав Ильич, вероятно желая скрыть маленькое недоумение, опять возникшее на лице его, быстро, вопросительным взглядом устремился на Мурина.

— Да, хозяйки-то нашей...

Деликатный Ярослав Ильич не настаивал.

— Хозяйки, то есть бывшей хозяйки вашей, я как-то, право... ну, да! Она, видите ли, больная женщина. Он говорит, что она вам мешает... в ваших занятиях, да и он сам... вы от меня скрыли одно важное обстоятельство, Василий Михайлович!

— Какое?

— Насчет ружья-с, —промолвил почти шепотом самым снисходительным голосом Ярослав Ильич, с одной мильонной долей упрека, нежно зазвеневшего в его дружеском теноре. — Но, — прибавил он поспешно, — я всё знаю, он мне всё рассказал, и вы благородно сделали, отпустив ему его невольную вину перед вами. Клянусь, я видел слезы на глазах его!

Ярослав Ильич снова покраснел; глаза его засияли, и он с чувством повернулся на стуле.

— Я, то есть мы, сударь, ваше благородие, то есть я, примером сказать, да и хозяйка моя уж и как за вас бога молим, — начал Мурин, обращаясь к Ордынову, покамест Ярослав Ильич подавлял обычное волнение свое, и пристально смотря на него, — да, сами знаете, сударь, она баба хворая, глупая; меня самого еле ноги носят...

— Да я готов, — сказал в нетерпенье Ордынов, — полноте, пожалуйста; я хоть сейчас!..

— Нет, то есть, сударь, многим вашей милости довольны (Мурин пренизко поклонился). Я, сударь, вам не про то; я вот хотел слово вымолвить, — ведь она, сударь, мне-то почти из родни, то есть из дальней, примером, как говорится, седьмая вода, то есть уж не побрезгайте словом нашим, сударь, люди мы темные — да сызмалетства такая! Головенка больная, задорная, в лесу росла, мужичкой росла, всё меж бурлаков да заводчиков; а тут их дом сгори; мать, сударь, ейная погори; отец свою душу опали — подикась, она и невесть что расскажет вам... Я только так не мешаюсь, а ее хи-хир-руг-гичкой совет на Москве смотрел... то есть, сударь, совсем повредилась, вот что! Я только у ней и остался, со мной и живет. Живем, бога молим, на всевышнюю силу надеемся; уж я ей и не поперечу совсем...

Ордынов изменился в лице. Ярослав Ильич смотрел то на того, то на другого.

— Да я не про то, сударь... нет! — поправился Мурин, важно покачав головою. — Она, примером сказать, такой ветер, вихорь такой, голова такая любовная, буйная, всё милого дружка, — если извинительно будет сказать, — да зазнобушку в

70

сердце ей подавай: на том и помешана. Я уж ее сказками улещаю, то есть как улещаю. А я ведь, сударь, видел, как она-уж простите, сударь, мое глупое слово, — продолжал Мурин, кланяясь и утирая рукавом бороду, — примерно, спознавалась-то с вами; вы, то есть, примером сказать, ваше сиятельство, относительно любви к ней польнуть пожелали...

Ярослав Ильич вспыхнул и с упреком взглянул на Мурина. Ордынов едва усидел на стуле.

— Нет... то есть я, сударь, не про то... я, сударь, спроста, мужик, я из вашей воли... конечно, мы люди темные, мы, сударь, ваши слуги, — примолвил он, низко кланяясь, — а уж как с женой про вашу милость бога будем молить!.. Что нам? Были бы сыты, здоровы, роптать не роптаем; да мне-то, сударь, что ж делать, в петлю лезть, что ли? Сами знаете, сударь, дело житейское, нас пожалейте, а это уж что ж, сударь, будет, как еще с полюбовником!.. Грубое-то, сударь, вы слово простите... мужик, сударь, а вы, барин... вы, сударь, ваше сиятельство, человек молодой, гордый, горячий, а она, сударь, сами знаете, дитя малое, неразумное — долго ль с ней до греха! Баба она ядреная, румяная, милая, а меня, старика, всё немочь берет. Ну, что? бес уж, знать, вашу милость попутал! я уж ее сказками всё улещаю, право, улещаю. А уж как про вашу милость с женой стали бы бога молить! То есть вот как молить! Да и что вам, ваше сиятельство, хоть она бы и милая, а всё ж мужичка она, баба немытая, поневница глупая, мне, мужику, чета! Не вам, примерно, сударь, батюшка барин, по мужичкам якшиться! А уж как с ней стали б про вашу милость бога молить, во как молить!..

Тут Мурин поклонился низко-низко и долго не разгибал спины, беспрерывно утирая рукавом бороду. Ярослав Ильич не знал. где стоял.

— Да-с, этот добрый человек, — заметил он, весь замешавшись, — говорил мне о каких-то существовавших между вами беспорядках-с; я не осмеливаюсь верить, Василий Михайлович... Я слышал, вы всё еще больны-с, — быстро перебил он со слезящимися от волнения глазами, в неистощимом замешательстве смотря на Ордынова.

— Да-с... Сколько я должен вам? — быстро спросил Ордынов у Мурина.

— Что вы, батюшка барин? полноте! мы ведь не христопродавцы какие-нибудь. Что вы, сударь, нас обиждаете! Постыдились бы, сударь; чем мы с супружницей вас обиждали? Помилуйте-с!

— Но, однако ж, это странно, друг мой; ведь они же у вас нанимали; чувствуете ли вы, что отказом своим вы их обижаете? — вступился Ярослав Ильич, долгом почитая показать Мурину всю странность и щекотливость его поступка.

— Да помилуйте ж, батюшка! что вы, сударь, барин? помилуйте-с! уж и чем мы не угодили про вашу честь? Уж и так старались-старались, животы надорвали, помилуйте-с! Полноте, сударь; полноте, свет-барин, Христос вас помилует! Что мы, неверные, что ли, какие? Пусть бы жил, кушал бы у нас наше яство мужицкое на здоровье, пусть бы лежал, — ничего б не сказали, и... и слова не молвили б; да нечистый попутал, хворый я человек, да и хозяйка моя хворая, — что будешь делать! Услужить-то бы некому было, а рады бы, душою бы рады были. А уж как мы с хозяйкой будем про вашу милость бога молить, то есть во как молить!

Мурин поклонился в пояс. Слеза выдавилась из восторженных глаз Ярослава Ильича. С энтузиазмом посмотрел он на Ордынова.

— Скажите, какая благородная черта-с! Какое святое гостеприимство почило-с на русском народе-с!

Ордынов дико взглянул на Ярослава Ильича. Он почти ужаснулся... и осматривал его с головы до ног.

— А и право, сударь, гостеприимство именно чтим, то есть вот как чтим, сударь! — подхватил Мурин, заслоняя всем рукавом свою бороду. — Право, вот теперь дума идет: погостили б вы у нас, сударь, ей-богу б погостили, — продолжал он, подступая к Ордынову. — да и я, сударь, ничего; денек-другой ничего, право б ничего не сказал. Да грех больно попутал, хозяйка-то ишь моя нездорова! Ах, кабы не хозяйка! Вот был бы, примерно, один я: уж и как бы я вашу милость уважил, уж и как бы ходил, то есть во как ходил! Кого ж нам, коли и не вашу милость, уважить? Уж я бы вас вылечил, право бы вылечил, я и средствие знаю... Право бы, погостили, сударь, ей-богу, вот великое слово, у нас погостили бы!..

— В самом деле, нет ли какого средства? — заметил Ярослав Ильич... да и не докончил.

Ордынов сделал напраслину, с диким изумлением оглядев незадолго до того с ног до головы Ярослава Ильича. Это был, конечно, честнейший и благороднейший человек, но он теперь понял всё, и, признаться, положение его было весьма затруднительно! Ему хотелось, что называется, лопнуть со смеха! Будь он один на один вместе с Ордыновым, —два такие друга! —конечно, Ярослав Ильич не вытерпел бы и неумеренно предался порыву веселости.

Во всяком случае он сделал бы это весьма благородно, с чувством пожал бы после смеха руку Ордынова, искренно и справедливо уверил бы его, что чувствует удвоенное уважение к нему и что извиняет во всяком случае... да, наконец, и глядеть не будет на молодость. Но теперь, при известной своей деликатности, он был в самом затруднительном положении и почти не знал, куда скрыть себя...

— Средствия, то есть снадобья! — подхватил Мурин, у которого всё лицо шевельнулось от неловкого восклицания Ярослава Ильича. — Я, то есть, сударь, по глупости моей мужицкой, вот что сказал бы, —продолжал он, ступив еще шаг вперед, — книжек вы, сударь, больно зачитались; скажу, умны больно стали; оно, то есть как по-русски говорится у нас, по-мужицкому, ум за разум зашел...

— Довольно! — строго прервал Ярослав Ильич...

— Я иду, — сказал Ордынов, — благодарю вас, Ярослав Ильич; буду, буду у вас непременно, — говорил он на удвоенные вежливости Ярослава Ильича, который был не в силах долее его удерживать. — Прощайте, прощайте...

— Прощайте, ваше благородие; прощайте, сударь; не забудьте нас, навестите нас, грешных.

Ордынов не слыхал ничего более; он вышел как полоумный.

Он не мог вынести более; он был как убитый; сознание его цепенело. Он глухо чувствовал, что его душит болезнь, но холодное отчаяние воцарилось в душе его, и только слышал он, что какая-то глухая боль ломит, томит, сосет ему грудь. Ему хотелось умереть в эту минуту. Ноги его подкосились, и он присел у забора, не обращая более внимания ни на проходивших людей, ни на толпу, начинавшую сбираться возле него, ни на оклики и расспросы любопытных, его окруживших. Но вдруг из множества голосов раздался над ним голос Мурина. Ордынов поднял голову. Старик действительно стоял перед ним; бледное лицо его было важно и задумчиво. Это уж был совсем другой человек, чем тот, который так глубоко глумился над ним у Ярослава Ильича. Ордынов привстал; Мурин взял его за руку и вывел из толпы...

— Тебе еще нужно свой скарб захватить, — сказал он, искоса взглянув на Ордынова. — Не горюй, барин! — вскрикнул Мурин. —Ты молод, чего горевать!

Ордынов не отвечал.

— Обижаешься, барин? Знать, больно зло тебя взяло... да нечему; всяк свое холит, всяк свое добро бережет.

— Я не знаю вас, — сказал Ордынов, — я не хочу знать ваших тайн. Но она! она!.. — проговорил он, и слезы градом, в три ручья, потекли из глаз его. Ветер срывал их одну за другой с его щек... Ордынов утирал их рукой. Жест его, взгляд, непроизвольные движения дрожавших посинелых губ — всё предсказывало в нем помешательство.

— Я уж тебе толковал, — сказал Мурин, стиснув брови, — она полоумная! Отчего и как помешалась... зачем тебе знать? Только мне она и такая — родная! Возлюбил я ее больше жизни моей и никому не отдам. Понимаешь теперь!

Огонь на мгновение сверкнул в глазах Ордынова.

— Но зачем же я... зачем я теперь словно жизнь потерял? Зачем же болит мое сердце? Зачем я спознал Катерину?

— Зачем? — Мурин усмехнулся и задумался. — Зачем, я и сам не знаю, зачем, — вымолвил он наконец. — Женский норов не морская пучина, распознать его распознаешь, да хитер он,

74

стоек, живуч! На, дескать, вынь да положь! Знать, и впрямь, барин, она с вами хотела уйти от меня, — продолжал он в раздумье. — Побрезгала старым, изжила с ним всё, насколько можно изжить! Приглянулись вы, знать, ей больно сначала! Аль уж так, вы ли, другой ли... Я ведь ей не перечу ни в чем; птичья молока пожелает, и молока птичья достану; птицу такую сам сделаю, коли нет такой птицы! Тщеславна она! За волюшкой гонится, а и сама не знает, о чем сердце блажит. ан и вышло, что лучше по-старому! Эх, барин! молод ты больно! Сердце твое еще горячо, словно у девки, что рукавом свои слезы утирает, покинутая! Спознай, барин: слабому человеку одному не сдержаться! Только дай ему всё, он сам же придет, всё назад отдаст, дай ему полцарства земного в обладание, попробуй — ты думаешь что? Он тебе тут же в башмак тотчас спрячется, так умалится. Дай ему волюшку, слабому человеку, — сам ее свяжет, назад принесет. Глупому сердцу и воля не впрок! Не прожить с таким норовом! Я тебе это всё так говорю — молоденек ты больно! Ты что мне? Ты был да пошел — ты иль другой, всё равно. Я и сначала знал, что будет одно. А перечить нельзя! слова молвить нельзя поперек, коли хошь свое счастье сберечь. Оно ведь, знашь, барин, — продолжал философствовать Мурин, — только всё так говорится: и чего не бывает? За нож возьмется в сердцах, не то безоружный, с голыми руками на тебя, как баран, полезет да зубами глотку врагу перервет. А пусть-те дадут этот нож-от в руки, да враг твой сам перед тобою широкую грудь распахнет, небось и отступишься!

Они вошли во двор. Татарин еще издали завидел Мурина, снял перед ним шапку и лукаво, пристально смотрел на Ордынова.

— Что мать? дома? — закричал ему Мурин.

— Дома.

— Скажи, чтоб ему скарб его перетащить помогли! Да и ты пошел, двигайся!

Они взошли на лестницу. Старуха, служившая у Мурина и оказавшаяся действительно матерью дворника, возилась с пожитками бывшего жильца и ворчливо вязала их в один большой узел.

— Подожди; я-те еще из твоего принесу, там осталась...

Мурин вошел к себе. Через минуту он воротился и подал Ордынову богатую подушку, всю вышитую шелками и гарусом, — ту самую, которую положила ему Катерина, когда он сделался болен.

— Это она тебе шлет, — сказал Мурин. — А теперь ступай подобру-поздорову да, смотри ж, не шатайся, — прибавил он вполголоса, отеческим тоном, — не то худо будет.

Видно было, что ему не хотелось обижать жильца. Но когда он бросил на него последний взгляд, то невольно видно было, как прилив неистощимой злобы закипел на лице его. Почти с отвращением затворил он дверь за Ордыновым.

Через два часа Ордынов переехал к немцу Шпису. Тинхен ахнула, взглянув на него. Она тотчас спросила его о здоровье и, узнав, в чем дело, немедленно расположилась лечить. Старик немец самодовольно показал жильцу своему, что он только что хотел идти к воротам и снова налепить ярлычок, затем что сегодня аккуратно в копейку вышел задаток его, высчитывая из него каждый день найма. Причем старик не преминул дальновидно похвалить немецкую аккуратность и честность. В тот же день Ордынов занемог и только через три месяца мог встать с постели.

Мало-помалу он выздоровел и стал выходить. Жизнь у немца была однообразна, покойна. Немец был без особого норова; хорошенькая Тинхен, не трогая нравственности, была всем, чем угодно, — но как будто жизнь навеки потеряла свой цвет для Ордынова! Он стал задумчив, раздражителен; впечатлительность его приняла направление болезненное, и он неприметно впадал в злую, очерствелую ипохондрию. Книги не раскрывались иногда по целым неделям. Будущее было для него заперто, деньги его выходили, и он опустил руки заранее; он даже не думал о будущем. Иногда прежняя горячка к науке, прежний жар, прежние образы, им самим созданные, ярко восставали перед ним из прошедшего, но они только давили,

76

душили его энергию. Мысль не переходила в дело. Сознание остановилось. Казалось, все эти образы нарочно вырастали гигантами в его представлениях, чтоб смеяться над бессилием его, их же творца. Ему невольно приходило в грустную минуту сравнение самого себя с тем хвастливым учеником колдуна, который, украв слово учителя, приказал метле носить воду и захлебнулся в ней, забыв, как сказать: "Перестань". Может быть, в нем осуществилась бы целая, оригинальная, самобытная идея. Может быть, ему суждено было быть художником в науке. По крайней мере прежде он сам верил в это. Искренняя вера есть уж залог будущего. Но теперь он сам смеялся в иные минуты над своим слепым убеждением и — не подвигался вперед.

За полгода перед тем он выжил, создал и набросал на бумагу стройный эскиз создания, на котором (по молодости своей) в нетворческие минуты строил самые вещественные надежды. Сочинение относилось к истории церкви, и самые теплые, горячие убеждения легли под пером его. Теперь он перечел этот план, переделал, думал о нем, читал, рылся и наконец отверг идею свою, не построив ничего на развалинах. Но что-то похожее на мистицизм, на предопределение и таинственность начало проникать в его душу. Несчастный чувствовал страдания свои и просил исцеления у бога. Работница немца, из русских, старуха богомольная, с наслаждением рассказывала, как молится ее смирный жилец и каким образом по целым часам лежит он, словно бездыханный, на церковном помосте...

Он никому не говорил ни слова о случившемся с ним. Но порой, особенно в сумерки, в тот час, когда гул колоколов напоминал ему то мгновение, когда впервые задрожала, заныла вся грудь его дотоле неведомым чувством, когда он стал возле нее на коленях в божием храме, забыв обо всем, и только слышал, как стучало ее робкое сердце, когда слезами восторга и радости омыл он новую, светлую надежду, мелькнувшую ему в его одинокой жизни, — тогда буря вставала из уязвленной навеки души его. Тогда содрогался его дух и мучение любви жгучим огнем снова пылало в груди его. Тогда сердце его грустно и страстно болело и, казалось, любовь его возрастала вместе с печалью. Часто по целым часам, забыв себя и всю обыденную жизнь свою, забыв всё на свете, просиживал он на одном месте, одинокий, унылый, безнадежно качал головой и, роняя безмолвные слезы, шептал про себя: "Катерина! голубица моя ненаглядная! Сестрица моя одинокая!.."

Какая-то безобразная мысль стала всё более и более мучить его. Всё сильнее и сильнее преследовала она его и с каждым днем воплощалась перед ним в вероятность, в действительность. Ему казалось, — и он наконец сам поверил во всё, — ему казалось, что невредим был рассудок Катерины, но что Мурин был по-своему прав, назвав ее слабым сердцем. Ему казалось, что какая-то тайна связывала ее со стариком, но что Катерина, не сознав преступления, как голубица чистая, перешла в его власть. Кто они? Он не знал того. Но ему беспрерывно снилась глубокая, безвыходная тирания над бедным, беззащитным созданием; и сердце смущалось и трепетало бессильным негодованием в груди его. Ему казалось, что перед испуганными очами вдруг прозревшей души коварно выставляли ее же падение, коварно мучили бедное, слабое сердце, толковали перед ней вкривь и вкось правду, с умыслом поддерживали слепоту, где было нужно, хитро льстили неопытным наклонностям порывистого, смятенного сердца ее и мало-помалу резали крылья у вольной, свободной души, не способной, наконец, ни к восстанию, ни к свободному порыву в настоящую жизнь...

Мало-помалу Ордынов одичал еще более прежнего, в чем, нужно отдать справедливость, его немцы нисколько ему не мешали. Он часто любил бродить по улицам, долго, без цели. Он выбирал преимущественно сумеречный час, а место прогулки — места глухие, отдаленные, редко посещаемые народом. В один ненастный, нездоровый, весенний вечер в одном из таких закоулков встретил он Ярослава Ильича.

Ярослав Ильич приметно похудел, приятные глаза его потускнели, и сам он как будто весь разочаровался. Он бежал впопыхах за каким-то не терпящим отлагательства делом, промок, загрязнился, и дождевая капля, каким-то почти фантастическим образом, уже целый вечер не сходила с весьма приличного, но теперь посиневшего носа его. К тому же он отрастил бакенбарды. Эти бакенбарды, да и то, что Ярослав Ильич взглянул так, как будто избегал встречи с старинным знакомым своим, почти поразило Ордынова... чудное дело! даже как-то уязвило, разобидело его сердце, не нуждавшееся доселе ни в чьем сострадании. Ему, наконец, приятнее был прежний человек, простой, добродушный, наивный — решимся сказать наконец откровенно — немножечко глупый, но без претензий разочароваться и поумнеть. А неприятно, когда глупый человек, которого мы прежде любили, может быть, именно за глупость его, вдруг поумнеет, решительно неприятно. Впрочем, недоверчивость, с которою он смотрел на Ордынова, тотчас же сгладилась. При всем разочаровании своем он вовсе не оставил своего прежнего норова, с которым человек, как известно, и в могилу идет, и с наслаждением полез, так, как был, в дружескую душу Ордынова. Прежде всего он заметил, что у него много дела, потом что они давно не видались; но вдруг разговор опять принял какое-то странное направление. Ярослав Ильич заговорил о лживости людей вообще, о непрочности благ мира сего, о суете сует, мимоходом, даже более чем с равнодушием, не преминул отозваться о Пушкине, с некоторым цинизмом о хороших знакомствах и в заключение даже намекнул на лживость и коварство тех, которые называются в свете друзьями, тогда как истинной дружбы на свете и сродясь не бывало. Одним словом, Ярослав Ильич поумнел. Ордынов не противоречил ни в чем, но несказанно, мучительно грустно стало ему: как будто он схоронил своего лучшего друга!

— Ах! представьте, — я было совсем позабыл рассказать, — молвил вдруг Ярослав Ильич, как будто припомнив что-то весьма интересное, — у нас новость! Я вам скажу по секрету. Помните дом, где вы жили?

Ордынов вздрогнул и побледнел.

— Так вообразите же, недавно открыли в этом доме целую

шайку воров, то есть, сударь вы мой, ватагу, притон-с; контрабандисты, мошенники всякие, кто их знает! Иных переловили, за другими еще только гоняются; отданы строжайшие приказания. И можете себе представить: помните хозяина дома, богомольный, почтенный, благородный с виду...

— Ну!

— Судите после этого о всем человечестве! Это и был начальник всей шайки их, коновод! Не нелепо ли это-с?

Ярослав Ильич говорил с чувством и осудил за одного¦ всё человечество, потому что Ярослав Ильич и не может иначе сделать; это в его характере.

— А те? а Мурин? — проговорил Ордынов шепотом.

— Ах, Мурин, Мурин! Нет, это почтенный старик, благородный. Но, позвольте, вы проливаете новый свет...

— А что? он тоже был в шайке?

Сердце Ордынова готово было пробить грудь от нетерпенья...

— Впрочем, как же вы говорите... — прибавил Ярослав Ильич, пристально вперив оловянные очи в Ордынова, — признак, что он соображал: — Мурин не мог быть между ними. Ровно за три недели он уехал с женой к себе, в свое место... Я от дворника узнал... этот татарчонок, помните?

БЕЛЫЕ НОЧИ

Сентиментальный роман

> ...Иль был он создан для того,
> Чтобы побыть хотя мгновенье.
> В соседстве сердца твоего?..
>
> *Ив. Тургенев*

Ночь первая

Была чудная ночь, такая ночь, которая разве только и может быть тогда, когда мы молоды, любезный читатель. Небо было такое звездное, такое светлое небо, что взглянув на него, невольно нужно было спросить себя неужели же могут жить под таким небом разные сердитые и капризные люди? Это тоже молодой вопрос, любезный читатель, очень молодой, но пошли его вам господь чаще на душу!.. Говоря о капризных и разных сердитых господах, я не мог не припомнить и своего благонравного поведения во весь этот день. С самого утра меня стала мучить какая-то удивительная тоска. Мне вдруг показалось, что меня, одинокого, все покидают и что все от меня отступаются. Оно, конечно, всякий вправе спросить: кто же эти все? потому что вот уже восемь лет, как я живу в Петербурге, и почти ни одного знакомства не умел завести Но к чему мне знакомства? Мне и без того знаком весь Петербург; вот почему мне и показалось, что меня все покидают, когда весь Петербург поднялся и вдруг уехал на дачу. Мне страшно стало оставаться одному, и целых три дня я бродил по городу в глубокой тоске, решительно не понимая, что со мной делается. Пойду ли на Невский, пойду ли в сад, брожу ли по набережной — ни одного лица из тех, кого привык встречать в том же месте, в известный час целый год. Они, конечно, не знают меня, да я-то их знаю Я коротко их знаю; я почти изучил их физиономии — и любуюсь на них, когда они веселы, и хандрю, когда они затуманятся. Я почти свел дружбу с одним старичком, которого встречаю каждый божий день, в известный час, на Фонтанке. Физиономия такая важная, задумчивая; всё шепчет под нос и махает левой рукой, а в правой у него длинная сучковатая трость с золотым набалдашником. Даже он заметил меня и принимает во мне душевное участие. Случись, что я не буду в известный час на том же месте Фонтанки, я уверен, что на него нападет хандра. Вот отчего мы иногда чуть не кланяемся друг с другом, особенно когда оба в хорошем расположении духа. Намедни, когда мы не видались целые два дня и на третий день встретились, мы уже было и схватились за шляпы, да благо опомнились вовремя, опустили руки и с участием прошли друг подле друга. Мне тоже и дома знакомы. Когда я иду, каждый как будто забегает вперед меня на улицу, глядит на меня во все окна и чуть не говорит: "Здравствуйте; как ваше здоровье? и я, слава богу, здоров, а ко мне в мае месяце прибавят этаж". Или: "Как ваше здоровье? а меня завтра в починку". Или: "Я чуть не сгорел и притом испугался" и т. д. Из них у меня есть любимцы, есть короткие приятели; один из них намерен лечиться это лето у архитектора. Нарочно буду заходить каждый день, чтоб не залечили как-нибудь, сохрани его господи!.. Но никогда не забуду истории с одним прехорошеньким светло-розовым домиком. Это был такой миленький каменный домик, так приветливо смотрел на меня, так горделиво смотрел на своих неуклюжих соседей, что мое сердце радовалось, когда мне случалось проходить мимо. Вдруг, на прошлой неделе, я прохожу по улице и, как посмотрел на приятеля — слышу жалобный крик: "А меня красят в желтую краску!" Злодеи! варвары! они не пощадили ничего: ни колонн, ни карнизов, и мой приятель пожелтел, как канарейка. У меня чуть не разлилась желчь по этому случаю, и я еще до сих пор не в силах был повидаться с изуродованным моим бедняком, которого раскрасили под цвет поднебесной империи.

Итак, вы понимаете, читатель, каким образом я знаком со всем Петербургом.

Я уже сказал, что меня целые три дня мучило беспокойство, покамест я догадался о причине его. И на улице мне было худо (того нет, этого нет, куда делся такой-то?) — да и дома я был сам не свой. Два вечера добивался я: чего недостает мне в моем углу? отчего так неловко было в нем оставаться? — и с недоумением осматривал я свои зеленые закоптелые стены, потолок, завешанный паутиной, которую с большим успехом разводила Матрена, пересматривал всю свою мебель, осматривал каждый стул, думая, не тут ли беда? (потому что коль у меня хоть один стул стоит не так, как вчера стоял, так я сам не свой) смотрел за окно, и всё понапрасну... нисколько не было легче! Я даже вздумал было призвать Матрену и тут же сделал ей отеческий выговор за паутину и вообще за неряшество; но она только посмотрела на меня в удивлении и пошла прочь, не ответив ни слова, так что паутина еще до сих пор благополучно висит на месте. Наконец я только сегодня поутру догадался, в чем дело. Э! да веды они от меня удирают на дачу! Простите за тривиальное словцо, но мне было не до высокого слога... потому что ведь всё, что только ни было в Петербурге, или переехало, или переезжало на дачу; потому что каждый почтенный господин солидной наружности, нанимавший извозчика, на глаза мои, тотчас же обращался в почтенного отца семейства, который после обыденных должностных занятий отправляется налегке в недра своей фамилии, на дачу потому что у каждого прохожего был теперь уже совершенно особый вид, который чуть-чуть не говорил всяком встречному: "Мы, господа, здесь только так, мимоходом а вот через два часа мы уедем на дачу". Отворялось ли окно, по которому побарабанили сначала тоненькие, белые как сахар пальчики, и высовывалась головка хорошенькой девушки, подзывавшей разносчика с горшками цветов, — мне тотчас же, тут же представлялось, что эти цветы только так покупаются, то есть вовсе не для того, чтоб наслаждаться весной и цветами в

83

душной городской квартире, а что вот очень скоро все переедут на дачу и цветы с собою увезут. Мало того, я уже сделал такие успех в своем новом, особенном роде открытий, что уже мог безошибочно, по одному виду, обозначить, на какой кто даче живет. Обитатели Каменного и Аптекарского островов или Петергофской дороги отличались изученным изяществом приемов, щегольскими летними костюмами и прекрасными экипажами, в которых они приехали в гор Жители Парголова и там, где подальше, с первого взгляда "внушали" своим благоразумием и солидностью; посетитель Крестовского острова отличался невозмутимо-веселым видом. Удавалось ли мне встретить длинную процессию ломовых извозчиков, лениво шедших с возжами в руках подле возов, нагруженных целыми горами всякой мебели, столов, стульев, диванов турецких и нетурецких и прочим домашним скарбом, на котором, сверх всего этого, зачастую восседала, на самой вершине воза, щедушная кухарка, берегущая барское добро как зеницу ока; смотрел ли я на тяжело нагруженные домашнею утварью лодки, скользившие по Неве иль Фонтанке, до Черной речки иль островов, — воза и лодки удесятерялись, усотерялись в глазах моих; казалось, всё поднялось и поехало, всё переселялось целыми караванами на дачу; казалось, весь Петербург грозил обратиться в пустыню, так что наконец мне стало стыдно, обидно и грустно: мне решительно некуда и незачем было ехать на дачу. Я готов был уйти с каждым возом, уехать с каждым господином почтенной наружности, нанимавшим извозчика; но ни один, решительно никто не пригласил меня; словно забыли меня, словно я для них был и в самом деле чужой!

Я ходил много и долго, так что уже совсем успел, по своему обыкновению; забыть, где я, как вдруг очутился у заставы. Вмиг мне стало весело, и я шагнул за шлагбаум, пошел между засеянных полей и лугов, не слышал усталости, но чувствовал только всем составом своим, что какое-то бремя спадает с души моей. Все проезжие смотрели на меня так приветливо, что решительно чуть не кланялись; все были так рады чему-то, все до одного курили сигары. И я был рад, как еще никогда со мной не случалось. Точно я вдруг очутился в Италии, — так сильно поразила природа меня, полубольного горожанина, чуть не задохнувшегося в городских стенах.

Есть что-то неизъяснимо трогательное в нашей петербургской природе, когда она, с наступлением весны, вдруг выкажет всю мощь свою, все дарованные ей небом силы опушится, разрядится, упестрится цветами... Как-то не вольно напоминает она мне ту девушку, чахлую и хворую на которую вы смотрите иногда с сожалением, иногда с какою-то сострадательною любовью, иногда же просто не замечаете ее, но которая вдруг, на один миг, как-то нечаянно сделается неизъяснимо, чудно прекрасною, а вы пораженный, упоенный, невольно спрашиваете себя: какая сила заставила блистать таким огнем эти грустные, задумчивые глаза? что вызвало кровь на эти бледные, похудевшие щеки? что облило страстью эти нежные черты лица? отчего так вздымается эта грудь? что так внезапно вызвало силу, жизнь и красоту на лицо бедной девушки, заставило его заблистать такой улыбкой, оживиться таким сверкающим, искрометным смехом? Вы смотрите кругом, вы кого-то ищете, вы догадываетесь... Но миг проходит, и, может быть, назавтра же вы встретите опять тот же задумчивый и рассеянный взгляд, как и прежде, то же бледное лицо, ту же покорность и робость в движениях и даже раскаяние, даже следы какой-то мертвящей тоски и досады за минутное увлечение... И жаль вам, что так скоро, так безвозвратно завяла мгновенная красота, что так обманчиво и напрасно блеснула она перед вами, — жаль оттого, что даже полюбить ее вам не было времени...

А все-таки моя ночь была лучше дня! Вот как это было:

Я пришел назад в город очень поздно, и уже пробило десять часов, когда я стал подходить к квартире. Дорога моя шла по набережной канала, на которой в этот час не встретишь живой души. Правда, я живу в отдаленнейшей части города. Я шел и пел, потому что, когда я счастлив, я непременно мурлыкаю что-нибудь про себя, как и всякий счастливый человек, у которого нет ни друзей, ни добрых знакомых и

85

которому в радостную минуту не с кем разделить свою радость. Вдруг со мной случилось самое неожиданное приключение.

В сторонке, прислонившись к перилам канала, стояла женщина; облокотившись на решетку, она, по-видимому, очень внимательно смотрела на мутную воду канала. Она была одета в премиленькой желтой шляпке и в кокетливой черной мантильке. "Это девушка, и непременно брюнетка", — подумал я. Она, кажется, не слыхала шагов моих, даже не шевельнулась, когда я прошел мимо, затаив дыхание и с сильно забившимся сердцем. "Странно! — подумал я, — верно, она о чем-нибудь очень задумалась", и вдруг я остановился как вкопанный. Мне послышалось глухое рыдание. Да! я не обманулся: девушка плакала, и через минуту еще и еще всхлипывание. Боже мой! У меня сердце сжалось. И как я ни робок с женщинами, но ведь это была такая минута!.. Я воротился, шагнул к ней и непременно бы произнес: "Сударыня!" — если б только не знал, что это восклицание уже тысячу раз произносилось во всех русских великосветских романах. Это одно и остановило меня. Но покамест я приискивал слово, девушка очнулась, оглянулась, спохватилась, потупилась и скользнула мимо меня по набережной. Я тотчас же пошел вслед за ней, но она догадалась, оставила набережную, перешла через улицу и пошла по тротуару. Я не посмел перейти через улицу. Сердце мое трепетало, как у пойманной птички. Вдруг один случай пришел ко мне на помощь.

По той стороне тротуара, недалеко от моей незнакомки, вдруг появился господин во фраке, солидных лет, но нельзя сказать, чтоб солидной походки. Он шел, пошатываясь и осторожно опираясь об стенку. Девушка же шла, словно стрелка, торопливо и робко, как вообще ходят все девушки, которые не хотят, чтоб кто-нибудь вызвался провожать их Ночью домой, и, конечно, качавшийся господин ни за что не догнал бы ее, если б судьба моя не надоумила его поискать искусственных средств. Вдруг, не сказав никому ни слова, мой господин срывается с места и летит со всех ног, бежит, догоняя мою незнакомку. Она шла как ветер, но колыхавшийся господин настигал, настиг, девушка вскрикнула — и... я благословляю судьбу за превосходную сучковатую палку, которая случилась на этот раз в моей правой руке. Я мигом очутился на той стороне тротуара, мигом незваный господин понял, в чем дело, принял в соображение неотразимый резон, замолчал, отстал и только, когда уже мы были очень далеко, протестовал против меня в довольно энергических терминах. Но до нас едва долетели слова его.

— Дайте мне руку, — сказал я моей незнакомке, — и он не посмеет больше к нам приставать.

Она молча подала мне свою руку, еще дрожавшую от волнения и испуга. О незваный господин! как я благословлял тебя в эту минуту! Я мельком взглянул на нее: она была премиленькая и брюнетка — я угадал; на ее черных ресницах еще блестели слезинки недавнего испуга или прежнего горя, — не знаю. Но на губах уже сверкала улыбка. Она тоже взглянула на меня украдкой, слегка покраснела и потупилась.

— Вот видите, зачем же вы тогда отогнали меня? Если б я был тут, ничего бы не случилось...

— Но я вас не знала: я думала, что вы тоже...

— А разве вы теперь меня знаете?

— Немножко. Вот, например, отчего вы дрожите?

— О, вы угадали с первого раза! — отвечал я в восторге, что моя девушка умница: это при красоте никогда не мешает. — Да, вы с первого взгляда угадали, с кем имеете дело. Точно, я робок с женщинами, я в волненье, не спорю, не меньше, как были вы минуту назад, когда этот господин испугал вас... Я в каком-то испуге теперь. Точно сон, а я даже и во сне не гадал, что когда-нибудь буду говорить хоть с какой-нибудь женщиной.

— Как? неужели?..

— Да, если рука моя дрожит, то это оттого, что никогда еще ее не обхватывала такая хорошенькая маленькая ручка, как ваша. Я совсем отвык от женщин; то есть я к ним и не привыкал никогда; я ведь один... Я даже не знаю, как говорить с ними. Вот и теперь не знаю — не сказал ли вам какой-нибудь глупости? Скажите мне прямо; предупреждаю вас, я не обидчив...

— Нет, ничего, ничего; напротив. И если уже вы требуете, чтоб я была откровенна, так я вам скажу, что женщинам нравится такая робость; а если вы хотите знать больше, то и мне она тоже нравится, и я не отгоню вас от себя до самого дома.

— Вы сделаете со мной, — начал я, задыхаясь от восторга, — что я тотчас же перестану робеть, и тогда — прощай все мои средства!..

— Средства? какие средства, к чему? вот это уж дурно.

— Виноват, не буду, у меня с языка сорвалось; но как же вы хотите, чтоб в такую минуту не было желания...

— Понравиться, что ли?

— Ну да; да будьте, ради бога, будьте добры. Посудите, кто я! Ведь вот уж мне двадцать шесть лет, а я никого никогда не видал. Ну, как же я могу хорошо говорить, ловко и кстати? Вам же будет выгоднее, когда всё будет открыто, наружу... Я не умею молчать, когда сердце во мне говорит. Ну, да всё равно... Поверите ли, ни одной женщины, никогда, никогда! Никакого знакомства! и только мечтаю каждый день, что наконец-то когда-нибудь я встречу кого-нибудь. Ах, если б вы знали, сколько раз я был влюблен таким образом!..

— Но как же, в кого же?..

— Да ни в кого, в идеал, в ту, которая приснится во сне. Я создаю в мечтах целые романы. О, вы меня не знаете! Правда, нельзя же без того, я встречал двух-трех женщин, но какие они женщины? это всё такие хозяйки, что... Но я вас насмешу, я расскажу вам, что несколько раз думал заговорить, так, запросто, с какой-нибудь аристократкой на улице, разумеется, когда она одна; заговорить, конечно, робко, почтительно, страстно; сказать, что погибаю один, чтоб она не отгоняла меня, что нет средства узнать хоть какую-нибудь женщину; внушить ей, что даже в обязанностях женщины не отвергнуть робкой мольбы такого несчастного человека, как я. Что, наконец, и всё, чего я требую, состоит в том только, чтоб сказать мне какие-нибудь два слова братские, с участием, не отогнать меня с первого шага, поверить мне на слово, выслушать, что я буду говорить, посмеяться надо мной, если угодно, обнадежить меня, сказать мне два слова, только два слова, потом пусть хоть мы с ней никогда не встречаемся!.. Но вы смеетесь... Впрочем, я для того и говорю...

— Не досадуйте; я смеюсь тому, что вы сами себе враг, и если б вы попробовали, то вам бы и удалось, может быть, хоть бы и на улице дело было; чем проще, тем лучше... Ни одна добрая женщина, если только она не глупа или особенно не сердита на что-нибудь в ту минуту, не решилась бы отослать вас без этих двух слов, которых вы так робко вымаливаете... Впрочем, что я! конечно, приняла бы вас за сумасшедшего. Я ведь судила по себе. Сама-то я много знаю, как люди на свете живут!

— О, благодарю вас, — закричал я, — вы не знаете, что вы для меня теперь сделали!

— Хорошо, хорошо! Но скажите мне, почему вы узнали, что я такая женщина, с которой... ну, которую вы считали достойной... внимания и дружбы... одним словом, не хозяйка, как вы называете. Почему вы решились подойти ко мне?

— Почему? почему? Но вы были одни, тот господин был слишком смел, теперь ночь: согласитесь сами, что это обязанность...

— Нет, нет, еще прежде, там, на той стороне. Ведь вы хотели же подойти ко мне?

— Там, на той стороне? Но я, право, не знаю, как отвечать; я боюсь... Знаете ли, я сегодня был счастлив; я шел, пел; я был за городом; со мной еще никогда не бывало таких счастливых минут. Вы... мне, может быть, показалось... Ну, простите меня, если я напомню: мне показалось, что вы плакали, и я... я не мог слышать это... у меня стеснилось сердце... О, боже мой! Ну, да неужели же я не мог потосковать об вас? Неужели же был грех почувствовать к вам братское сострадание?.. Извините, я сказал сострадание... Ну, да, одним словом, неужели я мог вас обидеть тем, что невольно вздумалось мне к вам подойти?..

— Оставьте, довольно, не говорите... — сказала девушка, потупившись и сжав мою руку. — Я сама виновата, что заговорила об этом; но я рада, что не ошиблась в вас... но вот уже я дома; мне нужно сюда, в переулок; тут два шага... Прощайте, благодарю вас...

— Так неужели же, неужели мы больше никогда не увидимся?.. Неужели это так и останется?

— Видите ли, — сказала, смеясь, девушка, — вы хотели сначала только двух слов, а теперь... Но, впрочем, я вам ничего не скажу... Может быть, встретимся...

— Я приду сюда завтра, — сказал я. — О, простит меня, я уже требую...

— Да, вы нетерпеливы... вы почти требуете...

— Послушайте, послушайте! — прервал я ее. — Простите, если я вам скажу опять что-нибудь такое... Но вот что: я не могу не прийти сюда завтра. Я мечтатель; у меня так мало действительной жизни, что я такие минуты, как эту, как теперь, считаю так редко, что не могу не повторять этих минут в мечтаньях. Я промечтаю об вас целую ночь, целую неделю, весь год. Я непременно приду сюда завтра, именно сюда, на это же место, именно в этот час, и буду счастлив, припоминая вчерашнее. Уж это место мне мило. У меня уже есть такие два-три места в Петербурге. Я даже один раз заплакал от воспоминанья, как вы... Почем знать, может быть, и вы, тому назад десять минут, плакали от воспоминанья... Но простите меня, я опять забылся; вы, может быть, когда-нибудь были здесь особенно счастливы.

— Хорошо, — сказала девушка, — я, пожалуй, приду сюда завтра, тоже в десять часов. Вижу, что я уже не могу вам запретить... Вот в чем дело, мне нужно быть здесь; не подумайте, чтоб я вам назначала свидание; я предупреждаю вас, мне нужно быть здесь для себя. Но вот... ну, уж я вам прямо скажу: это будет ничего, если и вы придете; во-первых, могут быть опять неприятности, как сегодня, но это в сторону... одним словом, мне просто хотелось бы вас видеть... чтоб сказать вам два слова. Только, видите ли, вы не осудите меня теперь? не подумайте, что я так легко назначаю свидания... Я бы и назначила, если б... Но пусть это будет моя тайна! Только вперед уговор...

— Уговор! говорите, скажите, скажите всё заране; я на всё

согласен, на всё готов, — вскричал я в восторге, — я отвечаю за себя — буду послушен, почтителен... вы меня знаете...

— Именно оттого, что знаю вас, и приглашаю вас завтра, — сказала смеясь девушка. — Я вас совершенно знаю. Но, смотрите, приходите с условием; во-первых (только будьте добры, исполните, что я попрошу, — видите ли, я говорю откровенно), не влюбляйтесь в меня... Это нельзя, уверяю вас. На дружбу я готова, вот вам рука моя... А влюбиться нельзя, прошу вас!

— Клянусь вам, —закричал я, схватив ее ручку...

— Полноте, не клянитесь, я ведь знаю, вы способны вспыхнуть как порох. Не осуждайте меня, если я так говорю. Если б вы знали... У меня тоже никого нет, с кем бы мне можно было слово сказать, у кого бы совета спросить. Конечно, не на улице же искать советников, да вы исключение. Я вас так знаю, как будто уже мы двадцать лет были друзьями... Не правда ли, вы не измените?..

— Увидите... только я не знаю, как уж я доживу хотя сутки.

— Спите покрепче; доброй ночи — и помните, что я вам уже вверилась. Но вы так хорошо воскликнули давеча: неужели ж давать отчет в каждом чувстве, даже в братском сочувствии! Знаете ли, это было так хорошо сказано, что у меня тотчас же мелькнула мысль довериться вам...

— Ради бога, но в чем? что?

— До завтра. Пусть это будет покамест тайной. Тем лучше для вас; хоть издали будет на роман похоже. Может быть, я вам завтра же скажу, а может быть, нет... Я еще с вами наперед поговорю, мы познакомимся лучше...

— О, да я вам завтра же всё расскажу про себя! Но что это? точно чудо со мной совершается... Где я, боже мой? Ну, скажите, неужели вы недовольны тем, что не рассердились, как бы сделала другая, не отогнали меня в самом начале? Две минуты, и вы сделали меня навсегда счастливым. Да! счастливым; почем знать, может быть, вы меня с собой помирили, разрешили мои сомнения... Может быть, на меня находят такие минуты... Ну, да я вам завтра всё расскажу, вы всё узнаете, всё...

— Хорошо, принимаю; вы и начнете...

— Согласен.

— До свиданья!

— До свиданья!

И мы расстались. Я ходил всю ночь; я не мог решиться воротиться домой. Я был так счастлив... до завтра!

Ночь вторая

— Ну, вот и дожили! — сказала она мне, смеясь и пожимая мне обе руки.

— Я здесь уже два часа; вы не знаете, что было со мной целый день!

— Знаю, знаю... но к делу. Знаете, зачем я пришла? Ведь не вздор болтать, как вчера. Вот что: нам нужно вперед умней поступать. Я обо всем этом вчера долго думала.

— В чем же, в чем быть умнее? С моей стороны, я готов; но, право, в жизнь не случалось со мною ничего умнее, как теперь.

— В самом деле? Во-первых, прошу вас, не жмите так моих рук; во-вторых, объявляю вам, что я об вас сегодня долго раздумывала.

— Ну, и чем же кончилось?

— Чем кончилось? Кончилось тем, что нужно всё снова начать, потому что в заключение всего я решила сегодня, что вы еще мне совсем неизвестны, что я вчера поступила как ребенок, как девочка, и, разумеется, вышло так, что всему виновато мое доброе сердце, то есть я похвалила себя, как и всегда кончается, когда мы начнем свое разбирать. И потому, чтоб поправить ошибку, я решила разузнать об вас самым подробнейшим образом. Но так как разузнавать о вас не у кого, то вы и должны мне сами всё рассказать, всю подноготную. Ну, что вы за человек? Поскорее — начинайте же, рассказывайте свою историю.

— Историю! — закричал я, испугавшись, — историю!! Но кто вам сказал, что у меня есть моя история? у меня нет истории...

— Так как же вы жили, коль нет истории? — перебила она смеясь.

— Совершенно без всяких историй! так, жил, как у нас говорится, сам по себе, то есть один совершенно, — один, один вполне, — понимаете, что такое один?

— Да как один? То есть вы никого никогда не видали?

— О нет, видеть-то вижу, — а все-таки я один.

— Что же, вы разве не говорите ни с кем?

— В строгом смысле, ни с кем.

— Да кто же вы такой, объяснитесь! Постойте, я догадываюсь: у вас, верно, есть бабушка, как и у меня. Она слепая и вот уже целую жизнь меня никуда не пускает, так что я почти разучилась совсем говорить. А когда я нашалила тому назад года два, так она видит, что меня не удержишь, взяла призвала меня да и пришпилила булавкой мое платье к своему — и так мы с тех пор и сидим по целым дням; она чулок вяжет, хоть и слепая; а я подле нее сиди, шей или книжку вслух ей читай — такой странный обычай, что вот уже два года пришпиленная...

— Ах, боже мой, какое несчастье! Да нет же, у меня нет такой бабушки.

— А коль нет, так как это вы можете дома сидеть?..

— Послушайте, вы хотите знать, кто я таков?

— Ну, да, да!

— В строгом смысле слова?

— В самом строгом смысле слова!

— Извольте, я — тип.

— Тип, тип! какой тип?-закричала девушка, захохотав так, как будто ей целый год не удавалось смеяться. — Да с вами превесело! Смотрите: вот здесь есть скамейка; сядем! Здесь никто не ходит, нас никто не услышит, и — начинайте же вашу

93

историю! потому что, уж вы меня не уверите, у вас есть история, а вы только скрываетесь. Во-первых, что это такое тип?

— Тип? тип — это оригинал, это такой смешной человек! — отвечал я, сам расхохотавшись вслед за ее детским смехом. — Это такой характер. Слушайте: знаете вы, что такое мечтатель?

— Мечтатель? позвольте, да как не знать? я сама мечтатель! Иной раз сидишь подле бабушки и чего-чего в голову не войдет. Ну, вот и начнешь мечтать, да так раздумаешься — ну, просто за китайского принца выхожу... А ведь это в другой раз и хорошо — мечтать! Нет, впрочем, бог знает! Особенно если есть и без этого о чем думать, — прибавила девушка на этот раз довольно серьезно.

— Превосходно! Уж коли раз вы выходили за богдыхана китайского, так, стало быть, совершенно поймете меня. Ну, слушайте... Но позвольте: ведь я еще не знаю, как вас зовут?

— Наконец-то! вот рано вспомнили!

— Ах, боже мой! да мне и на ум не пришло, мне было и так хорошо...

— Меня зовут — Настенька.

— Настенька! и только?

— Только! да неужели вам мало, ненасытный вы этакой!

— Мало ли? Много, много, напротив, очень много, Настенька, добренькая вы девушка, коли с первого разу вы для меня стали Настенькой!

— То-то же! ну!

— Ну, вот, Настенька, слушайте-ка, какая тут выходит смешная история.

Я уселся подле нее, принял педантски-серьезную позу и начал словно по-писаному:

— Есть, Настенька, если вы того не знаете, есть в Петербурге довольно странные уголки. В эти места как будто не заглядывает то же солнце, которое светит для всех петербургских людей, а заглядывает какое-то другое, новое, как будто нарочно заказанное для этих углов, и светит на всё иным, особенным светом. В этих углах, милая Настенька, выживается как будто совсем другая жизнь, не похожая на ту, которая возле нас кипит, а такая, которая может быть в тридесятом неведомом царстве, а не у нас, в наше серьезное-пресерьезное время. Вот эта-то жизнь и есть смесь чего-то чисто фантастического, горячо-идеального и вместе с тем (увы, Настенька!) тускло-прозаичного и обыкновенного, чтоб не сказать: до невероятности пошлого.

— Фу! господи боже мой! какое предисловие! Что же это я такое услышу?

— Услышите вы, Настенька (мне кажется, я некогда не устану называть вас Настенькой), услышите вы, что в этих углах проживают странные люди — мечтатели Мечтатель — если нужно его подробное определение — не человек, а, знаете, какое-то существо среднего рода. Селится он большею частию где-нибудь в неприступном углу, как будто таится в нем даже от дневного света и уж если заберется к себе, то так и прирастет к своему углу, как улитка, или, по крайней мере, он очень похож в этом отношении на то занимательное животное, которое и животное и дом вместе, которое называется черепахой Как вы думаете, отчего он так любит свои четыре стены, выкрашенные непременно зеленою краскою, закоптелые, унылые и непозволительно обкуренные? Зачем этот смешной господин, когда его приходит навестить кто-нибудь из его редких знакомых (а кончает он тем, что знакомые у него все переводятся), зачем этот смешной человек встречает его, так сконфузившись, так изменившись в лице и в таком замешательстве, как будто он только что сделал в своих четырех стенах преступление, как будто он фабриковал фальшивые бумажки или какие-нибудь стишки для отсылки в журнал при анонимном письме, в котором обозначается, что настоящий поэт уже умер и что друг его считает священным долгом опубликовать его вирши? Отчего скажите мне, Настенька, разговор так не вяжется у этих двух собеседников? отчего ни смех, ни какое-нибудь бойкое словцо не слетает с языка внезапно вошедшего и озадаченного приятеля, который в другом случае очень любит и смех, и бойкое словцо, и разговоры о прекрасном поле, и другие веселые темы? Отчего же, наконец, этот приятель, вероятно, недавний знакомый, и при первом визите, — потому что второго в таком случае уже не будет и приятель другой раз не придет, — отчего сам приятель так конфузится, так костенеет, при всем своем остроумии (если только оно есть у него), глядя на опрокинутое лицо хозяина, который, в свою очередь, уже совсем успел потеряться и сбиться с последнего толка после исполинских, но тщетных усилий разгладить и упестрить разговор, показать и с своей стороны знание светскости, тоже заговорить о прекрасном поле и хоть такою покорностию понравиться бедному, не туда попавшему человеку, который ошибкою пришел к нему в гости? Отчего, наконец, гость вдруг хватается за шляпу и быстро уходит, внезапно вспомнив о самонужнейшем деле, которого никогда не бывало, и кое-как высвобождает свою руку из жарких пожатий хозяина, всячески старающегося показать свое раскаяние и поправить потерянное? Отчего уходящий приятель хохочет, выйдя за дверь, тут же дает самому себе слово никогда не приходить к этому чудаку, хотя этот чудак в сущности и превосходнейший малый, и в то же время никак не может отказать своему воображению в маленькой прихоти: сравнить, хоть отдаленным образом, физиономию своего недавнего собеседника во всё время свидания с видом того несчастного котеночка, которого измяли, застращали и всячески обидели дети, вероломно захватив его в плен, сконфузили в прах, который забился наконец от них под стул, в темноту, и там целый час на досуге принужден ощетиниваться, отфыркиваться и мыть свое обиженное рыльце обеими лапами и долго еще после того враждебно взирать на природу и жизнь и даже на подачку с господского обеда, припасенную для него сострадательною ключницею?

— Послушайте, — перебила Настенька, которая всё время слушала меня в удивлении, открыв глаза и ротик, — послушайте: я совершенно не знаю, отчего всё это произошло и почему именно вы мне предлагаете такие смешные вопросы; но что я знаю наверно, так то, что все эти приключения случились непременно с вами, от слова до слова.

— Без сомнения, — отвечал я с самою серьезной миной.

— Ну, коли без сомнения, так продолжайте, — ответила Настенька, — потому что мне очень хочется знать, чем это кончится.

— Вы хотите знать, Настенька, что такое делал в своем углу наш герой, или, лучше сказать, я, потому что герой всего дела — я, своей собственной скромной особой; вы хотите знать, отчего я так переполошился и потерялся на целый день от неожиданного визита приятеля? Вы хотите знать, отчего я так вспорхнулся, так покраснел, когда отворили дверь в мою комнату, почему я не умел принять гостя и так постыдно погиб под тяжестью собственного гостеприимства?

— Ну да, да! — отвечала Настенька, — в этом и дело. Послушайте: вы прекрасно рассказываете, но нельзя ли рассказывать как-нибудь не так прекрасно? А то вы говорите, точно книгу читаете.

— Настенька! — отвечал я важным и строгим голосом, едва удерживаясь от смеха, — милая Настенька, я знаю, что я рассказываю прекрасно, но — виноват, иначе я рассказывать не умею. Теперь, милая Настенька, теперь похож на дух царя Соломона, который был тысячу лет в кубышке, под семью печатями, и с которого наконец сняли все эти семь печатей. Теперь, милая Настенька, когда мы сошлись опять после такой долгой разлуки, — потому что я вас давно уже знал, Настенька, потому что я уже давно кого-то искал, а это знак, что я искал именно вас и что нам было суждено теперь свидеться, — теперь в моей голове открылись тысячи клапанов, и я должен пролиться рекою слов, не то я задохнусь. Итак, прошу не перебивать меня, Настенька, а слушать покорно и послушно; иначе — я замолчу.

— Ни-ни-ни! никак! говорите! Теперь я не скажу ни слова.

— Продолжаю: есть, друг мой Настенька, в моем дне один час, который я чрезвычайно люблю. Это тот самый час, когда кончаются почти всякие дела, должности и обязательства и все спешат по домам пообедать, прилечь отдохнуть и тут же, в дороге, изобретают и другие веселые темы, касающиеся вечера, ночи и всего остающегося свободного времени. В этот час и наш герой, — потому что уж позвольте мне, Настенька, рассказывать в третьем лице, затем что в первом лице всё это ужасно стыдно рассказывать, — итак, в этот час и наш герой, который тоже был не без дела, шагает за прочими. Но странное чувство удовольствия играет на его бледном, как будто несколько измятом лице. Неравнодушно смотрит он на вечернюю зарю, которая медленно гаснет на холодном петербургском небе. Когда я говорю — смотрит, так я лгу: он не смотрит, но созерцает как-то безотчетно, как будто усталый или занятый в то же время каким-нибудь другим, более интересным предметом, так что разве только мельком, почти невольно, может уделить время на всё окружающее. Он доволен, потому что покончил до завтра с досадными для него делами, и рад, как школьник, которого выпустили с классной скамьи к любимым играм и шалостям. Посмотрите на него сбоку, Настенька: вы тотчас увидите, что радостное чувство уже счастливо подействовало на его слабые нервы и болезненно раздраженную фантазию. Вот он о чем-то задумался... Вы думаете, об обеде? о сегодняшнем вечере? На что он так смотрит? На этого ли господина солидной наружности, который так картинно поклонился даме, прокатившейся мимо него на резвоногих конях в блестящей карете? Нет, Настенька, что ему теперь до всей этой мелочи! Он теперь уже богат своею особенною жизнью; он как-то вдруг стал богатым, и прощальный луч потухающего солнца не напрасно так весело сверкнул перед ним и вызвал из согретого сердца целый рой впечатлений. Теперь он едва замечает ту дорогу, на которой прежде самая мелкая мелочь могла поразить его. Теперь "богиня фантазия" (если вы читали Жуковского, милая Настенька) уже заткала прихотливою рукою свою золотую основу и пошла развивать перед ним узоры небывалой, причудливой жизни — и, кто знает, может, перенесла его прихотливой рукою на седьмое хрустальное небо с превосходного гранитного тротуара, по которому он идет восвояси. Попробуйте остановить его теперь, спросите его вдруг: где он теперь стоит, по каким улицам шел? — он наверно бы ничего не припомнил, ни того, где ходил, ни того, где стоял теперь, и, покраснев с досады, непременно солгал бы что-нибудь для спасения приличий. Вот почему он так вздрогнул, чуть не закричал и с испугом огляделся кругом, когда одна очень почтенная старушка учтиво остановила его посреди тротуара и стала расспрашивать его о дороге, которую она потеряла. Нахмурясь с досады, шагает он дальше, едва замечая, что не один прохожий улыбнулся, на него глядя, и обратился ему вслед и что какая-нибудь маленькая девочка, боязливо уступившая ему дорогу, громко засмеялась, посмотрев во все глаза на его широкую созерцательную улыбку и жесты руками. Но всё та же фантазия подхватила на своем игривом полете и старушку, и любопытных прохожих, и смеющуюся девочку, и мужичков, которые тут же вечеряют на своих барках, запрудивших Фонтанку (положим, в это время по ней проходил наш герой) заткала шаловливо всех и всё в свою канву, как мух в паутину, и с новым приобретением чудак уже вошел к себе в отрадную норку, уже сел за обед, уже давно отобедал и очнулся только тогда, когда задумчивая и вечно печальная Матрена, которая ему прислуживает, уже всё прибрала со стола и подала ему трубку, очнулся и с удивлением вспомнил, что он уже совсем пообедал, решительно проглядев, как это сделалось. В комнате потемнело; на душе его пусто и грустно; целое царство мечтаний рушилось вокруг него, рушилось без следа, без шума и треска, пронеслось, как сновидение, а он и сам не помнит, что ему грезилось. Но какое-то темное ощущение, от которого слегка заныла и волнуется грудь его, какое-то новое желание соблазнительно щекочет и раздражает его фантазию и незаметно сзывает целый рой новых призраков, В маленькой комнате царствует тишина; уединение и лень нежат воображение; оно воспламеняется слегка, слегка закипает, как вода в кофейнике старой Матрены, которая безмятежно возится рядом, в кухне, стряпая свой кухарочный кофе. Вот оно уже слегка прорывается вспышками, вот уже и книга, взятая без цели и наудачу, выпадает из рук моего мечтателя, не дошедшего и до третьей страницы. Воображение его снова настроено, возбуждено и вдруг опять новый мир, новая, очаровательная жизнь блеснула перед ним в блестящей своей перспективе. Новый сон — новое счастие! Новый прием утонченного, сладострастного яда! О, что ему в нашей действительной жизни. На его подкупленный взгляд, мы с вами, Настенька, живем так лениво, медленно, вяло; на его взгляд, мы все так недовольны нашею судьбою, так томимся нашею жизнью! Да и вправду, смотрите, в самом деле, как на первый взгляд всё между нами холодно, угрюмо, точно сердито... "Бедные!" — думает мой мечтатель. Да и не диво, что думает! Посмотрите на эти волшебные призраки, которые так очаровательно, так прихотливо, так безбрежно и широко слагаются перед ним в такой волшебной, одушевленной картине, где на первом плане, первым лицом, уж конечно, он сам, наш мечтатель, своею дорогою особою. Посмотрите, какие разнообразные приключения, какой бесконечный рой Восторженных грез. Вы спросите, может быть, о чем он мечтает? К чему это спрашивать! да обо всем... об роли поэта, сначала не признанного, а потом увенчанного; о дружбе с Гофманом; Варфоломеевская ночь, Диана Вернон, геройская роль при взятии Казани Иваном Васильевичем, Клара Мовбрай, Евфия Денс, собор прелатов и Гус перед ними, восстание мертвецов в "Роберте" (помните музыку? кладбищем пахнет!), Минна и Бренда, сражение при Березине, чтение поэмы у графини В—й-Д—й, Дантон, Клеопатра e i suoi amanti [и ее любовники (итал.)], домик в Коломне, свой уголок, а подле милое создание, которое слушает вас в зимний вечер, раскрыв ротик и глазки, как слушаете вы теперь меня, мой маленький ангельчик... Нет, Настенька, что ему, что ему, сладострастному ленивцу, в той жизни, в которую нам так хочется с вами? он думает, что это бедная, жалкая жизнь, не предугадывая, что и для него, может быть, когда-нибудь пробьет грустный час, когда он за один день этой жалкой жизни отдаст все свои фантастические годы, и еще не за радость, не за счастие отдаст, и выбирать не захочет в тот час

100

грусти, раскаяния и невозбранного горя. Но покамест еще не настало оно, это грозное время, — он ничего не желает, потому что он выше желаний, потому что с ним всё, потому что он пресыщен, потому что он сам художник своей жизни и творит ее себе каждый час по новому произволу. И ведь так легко, так натурально создается этот сказочный, фантастический мир! Как будто и впрямь всё это не призрак! Право, верить готов в иную минуту, что вся эта жизнь не возбуждения чувства, не мираж, не обман воображения, а что это и впрямь действительное, настоящее, сущее! Отчего ж, скажите, Настенька, отчего же в такие минуты стесняется дух? отчего же каким-то волшебством, по какому-то неведомому произволу ускоряется пульс, брызжут слезы из глаз мечтателя, горят его бледные, увлаженные щеки и такой неотразимой отрадой наполняется всё существование его? Отчего же целые бессонные ночи проходят как один миг, в неистощимом веселии и счастии, и когда заря блеснет розовым лучом в окна и рассвет осветит угрюмую комнату своим сомнительным фантастическим светом, как у нас, в Петербурге, наш мечтатель, утомленный, измученный, бросается на постель и засыпает в замираниях от восторга своего болезненно-потрясенного духа и с такою томительно-сладкою болью в сердце? Да, Настенька, обманешься и невольно вчуже поверишь, что страсть настоящая, истинная волнует душу его, невольно поверишь, что есть живое, осязаемое в его бесплотных грезах! И ведь какой обман — вот, например, любовь сошла в его грудь со всею неистощимою радостью, со всеми томительными мучениями... Только взгляните на него и убедитесь! Верите ли вы, на него глядя, милая Настенька, что действительно он никогда не знал той, которую он так любил в своем исступленном мечтании? Неужели он только и видел ее в одних обольстительных призраках и только лишь снилась ему эта страсть? Неужели и впрямь не прошли они рука в руку столько годов своей жизни — одни, вдвоем, отбросив весь мир и соединив каждый свой мир, свою жизнь с жизнью друга? Неужели не она, в поздний час, когда настала разлука, не она лежала, рыдая и тоскуя, на груди его, не слыша бури, разыгравшейся под суровым небом, не слыша ветра, который срывал и уносил слезы с черных ресниц ее? Неужели всё это была мечта — и этот сад, унылый, заброшенный и дикий, с дорожками, заросшими мхом, уединенный, угрюмый, где они так часто ходили вдвоем, надеялись, тосковали, любили, любили друг друга так долго, "так долго и нежно"! И этот странный, прадедовский дом, в котором жила она столько времени уединенно и грустно с старым, угрюмым мужем, вечно молчаливым и желчным, пугавшим их, робких, как детей, уныло и боязливо таивших друг от друга любовь свою? Как они мучились, как боялись они, как невинна, чиста была их любовь и как (уж разумеется, Настенька) злы были люди! И, боже мой, неужели не ее встретил он потом, далеко от берегов своей родины, под чужим небом, полуденным, жарким, в дивном вечном городе, в блеске бала, при громе музыки, в палаццо (непременно в палаццо), потонувшем в море, огней, на этом балконе, увитом миртом и розами, где она, узнав его, так поспешно сняла свою маску и, прошептав: "Я свободна", задрожав, бросилась в его объятия, и, вскрикнув от восторга, прижавшись друг к другу, они в один миг забыли и горе, и разлуку, и все мучения, и угрюмый дом, и старика, и мрачный сад в далекой родине, и скамейку, на которой, с последним страстным поцелуем, она вырвалась из занемевших в отчаянной муке объятий его... О, согласитесь, Настенька, что вспорхнешься, смутишься и покраснеешь, как школьник, только что запихавший в карман украденное из соседнего сада яблоко, когда какой-нибудь длинный, здоровый парень, весельчак и балагур, ваш незваный приятель, отворит вашу дверь и крикнет, как будто ничего не бывало: "А я, брат, сию минуту из Павловска!" Боже мой! старый граф умер, настает неизреченное счастие, — тут люди приезжают из Павловска!

Я патетически замолчал, кончив мои патетические возгласы. Помню, что мне ужасно хотелось как-нибудь через силу захохотать, потому что я уже чувствовал, что во мне зашевелился какой-то враждебный бесенок, что мне уже начинало захватывать горло, подергивать подбородок и что всё более и более влажнели глаза мои... Я ожидал, что Настенька, которая слушала меня, открыв свои умные глазки, захохочет всем своим детским, неудержимо-веселым смехом, и уже раскаивался, что зашел далеко, что напрасно рассказал то, что уже давно накипело в моем сердце, о чем я мог говорить как по-писаному, потому что уже давно приготовил я над самим собой приговор, и теперь не удержался, чтоб не прочесть его, признаться, не ожидая, что меня поймут; но, к удивлению моему, она промолчала, погодя немного слегка пожала мне руку и с каким-то робким участием спросила:

— Неужели и в самом деле вы так прожили всю свою жизнь?

— Всю жизнь, Настенька, — отвечал я, — всю жизнь, и, кажется, так и окончу!

— Нет, этого нельзя, — сказала она беспокойно, — этого не будет; этак, пожалуй, и я проживу всю жизнь подле бабушки. Послушайте, знаете ли, что это вовсе нехорошо так жить?

— Знаю, Настенька, знаю! — вскричал я, не удерживая более своего чувства. — И теперь знаю больше, чем когда-нибудь, что я даром потерял все свои лучшие годы! Теперь это я знаю, и чувствую больнее от такого сознания, потому что сам бог послал мне вас, моего доброго ангела, чтоб сказать мне это и доказать. Теперь, когда я сижу подле вас и говорю с вами, мне уж и страшно подумать о будущем, потому что в будущем — опять одиночество опять эта затхлая, ненужная жизнь; и о чем мечтать будет мне, когда я уже наяву подле вас был так счастлив! О, будьте благословенны, вы, милая девушка, за то, что не отвергли меня с первого раза, за то, что уже я могу сказать, что я жил хоть два вечера в моей жизни!

— Ох, нет, нет! — закричала Настенька, и слезинки заблистали на глазах ее, — нет, так не будет больше; мы так не расстанемся! Что такое два вечера!

— Ох, Настенька, Настенька! знаете ли, как надолго вы помирили меня с самим собою? знаете ли, что уже я теперь не буду о себе думать так худо, как думал в иные минуты? Знаете ли, что уже я, может быть, не буду более тосковать о том, что сделал преступление и грех в моей жизни, потому что такая жизнь есть преступление и грех? И не думайте, чтоб я вам преувеличивал что-нибудь, ради бога, не думайте этого, Настенька, потому что на меня иногда находят минуты такой тоски, такой тоски... Потому что мне уже начинает казаться в эти минуты, что я никогда не способен начать жить настоящею жизнию; потому что мне уже казалось, что я потерял всякий такт, всякое чутье в настоящем, действительном; потому что, наконец, я проклинал сам себя; потому что после моих фантастических ночей на меня уже находят минуты отрезвления, которые ужасны Между тем слышишь, как кругом тебя гремит и кружится в жизненном вихре людская толпа, слышишь, видишь, как живут люди, — живут наяву, видишь, что жизнь для них не заказана, что их жизнь не разлетится, как сон, как видение, что их жизнь вечно обновляющаяся, вечно юная и ни один час ее не похож на другой, тогда как уныла и до пошлости однообразна пуглива фантазия, раба тени, идеи, раба первого облака, которое внезапно застелет солнце и сожмет тоскою настоящее петербургское сердце, которое так дорожит своим солнцем, — а уж в тоске какая фантазия! Чувствуешь, что она наконец устает, истощается в вечном напряжении, эта неистощимая фантазия, потому что ведь мужаешь, выживаешь из прежних своих идеалов: они разбиваются в пыль в обломки; если ж нет другой жизни, так приходится строить ее из этих же обломков. А между тем чего-то другого просит и хочет душа И напрасно мечтатель роется, как в золе, в своих старых мечтаниях, ища в этой золе хоть какой-нибудь искорки, чтоб раздуть ее, возобновленным огнем пригреть похолодевшее сердце и воскресить в нем снова всё, что было прежде так мило, что трогало душу, что кипятило кровь, что вырывало слезы из глаз и так роскошно обманывало! Знаете ли, Настенька, до чего я дошел? знаете ли, что я уже принужден справлять годовщину своих ощущений, годовщину того, что было прежде так мило, чего в сущности никогда не бывало, — потому что эта годовщина справляется всё по тем же глупым, бесплотным мечтаниям, — и делать это, потому что и этих-то глупых мечтаний нет, затем что нечем их выжить: ведь и мечты выживаются! Знаете ли, что я люблю теперь припомнить и посетить в известный срок те места, где был счастлив когда-то по-своему, люблю построить свое настоящее под лад уже безвозвратно прошедшему и часто брожу как тень, без нужды и без цели, уныло и грустно до петербургским закоулкам и улицам. Какие всё воспоминания! Припоминается, например, что вот здесь ровно год тому назад, ровно в это же время, в этот же час, по этому же тротуару бродил так же одиноко, так же уныло, как и теперь! И припоминаешь, что и тогда мечты были грустны, и хоть и прежде было не лучше, но всё как-то чувствуешь, что как будто и легче, и покойнее было жить, что не было этой черной думы, которая теперь привязалась ко мне; что не было этих угрызений совести, угрызений мрачных, угрюмых, которые ни днем, ни ночью теперь не дают покоя. И спрашиваешь себя: где же мечты твои? и покачиваешь головою, говоришь: как быстро летят годы! И опять спрашиваешь себя: что же ты сделал с своими годами? куда ты схоронил свое лучшее время? Ты жил или нет? Смотри, говоришь себе, смотри, как на свете становится холодно. Еще пройдут годы, и за ними придет угрюмое одиночество, придет с клюкой трясучая старость, а за ними тоска и уныние. Побледнеет твой фантастический мир, замрут, увянут мечты твои и осыплются, как желтые листья с деревьев... О, Настенька! ведь грустно будет оставаться одному, одному совершенно, и даже не иметь чего пожалеть — ничего, ровно ничего... потому что всё, что потерял-то, всё это, всё было ничто, глупый, круглый нуль, было одно лишь мечтанье!

— Ну, не разжалобливайте меня больше! — проговорила Настенька, утирая слезинку, которая выкатилась из глаз ее. — Теперь кончено! Теперь мы будем вдвоем; теперь, что ни случись со мной, уж мы никогда не расстанемся. Послушайте. Я простая девушка, я мало училась, хотя мне бабушка и нанимала учителя; но, право, я вас понимаю, потому что всё,

105

что вы мне пересказали теперь, я уж сама прожила, когда бабушка меня пришпилила к платью. Конечно, я бы так не рассказала хорошо, как вы рассказали, я не училась, — робко прибавила она, потому что всё еще чувствовала какое-то уважение к моей патетической речи и к моему высокому слогу, — но я очень рада, что вы совершенно открылись мне. Теперь я вас знаю, совсем, всего знаю. И знаете что? я вам хочу рассказать и свою историю, всю без утайки, а вы мне после за то дадите совет. Вы очень умный человек; обещаетесь ли вы, что вы дадите мне этот совет?

— Ах, Настенька, — отвечал я, — я хоть и никогда не был советником, и тем более умным советником, но теперь вижу, что если мы всегда будем так жить, то это будет как-то очень умно и каждый друг другу надает премного умных советов! Ну, хорошенькая моя Настенька, какой же вам совет? Говорите мне прямо; я теперь так весел, счастлив, смел и умен, что за словом не полезу в карман.

— Нет, нет! — перебила Настенька засмеявшись, — мне нужен не один умный совет, мне нужен совет сердечный, братский, так, как бы вы уже век свой любили меня!

— Идет, Настенька, идет! — закричал я в восторге, — и если б я уже двадцать лет вас любил, то все-таки не любил бы сильнее теперешнего!

— Руку вашу! — сказала Настенька.

— Вот она! — отвечал я, подавая ей руку.

— Итак, начнемте мою историю!

ИСТОРИЯ НАСТЕНЬКИ

— Половину истории вы уже знаете, то есть вы знаете что у меня есть старая бабушка...

— Если другая половина так же недолга, как и эта... — перебил было я засмеявшись.

— Молчите и слушайте. Прежде всего уговор: не перебивать меня, а не то я, пожалуй, собьюсь. Ну, слушайте же смирно.

Есть у меня старая бабушка. Я к ней попала еще очень маленькой девочкой, потому что у меня умерли и мать и отец. Надо думать, что бабушка была прежде богаче, потому что и теперь вспоминает о лучших днях. Она же меня выучила по-французски и потом наняла мне учителя. Когда мне было пятнадцать лет (а теперь мне семнадцать), учиться мы кончили. Вот в это время я и нашалила; уж что я сделала — я вам не скажу; довольно того, что проступок был небольшой. Только бабушка подозвала меня к себе в одно утро и сказала, что так как она слепа, то за мной не усмотрит, взяла булавку и пришпилила мое платье к своему, да тут и сказала, что так мы будем всю жизнь сидеть, если, разумеется, я не сделаюсь лучше. Одним словом, в первое время отойти никак нельзя было: и работай, и читай, и учись — всё подле бабушки. Я было попробовала схитрить один раз и уговорила сесть на мое место Феклу. Фекла — наша работница, она глуха. Фекла села вместо меня; бабушка в это время заснула в креслах, а я отправилась недалеко к подруге. Ну, худо и кончилось. Бабушка без меня проснулась и о чем-то спросила, думая, что я всё еще сижу смирно на месте. Фекла-то видит, что бабушка спрашивает, а сама не слышит про что, думала, думала, что ей делать, отстегнула булавку да и пустилась бежать...

Тут Настенька остановилась и начала хохотать. Я засмеялся вместе с нею. Она тотчас же перестала.

— Послушайте, вы не смейтесь над бабушкой. Это я смеюсь, оттого что смешно... Что же делать, когда бабушка, право, такая, а только я ее все-таки немножко люблю. Ну, да тогда и досталось мне: тотчас меня опять посадили на место и уж ни-ни, шевельнуться было нельзя.

Ну-с, я вам еще позабыла сказать, что у нас, то есть у бабушки, свой дом, то есть маленький домик, всего три окна, совсем деревянный и такой же старый, как бабушка; а наверху мезонин; вот и переехал к нам в мезонин новый жилец...

— Стало быть, был и старый жилец? — заметил я мимоходом.

— Уж конечно, был, — отвечала Настенька, — и который умел молчать лучше вас. Правда, уж он едва языком ворочал. Это был старичок, сухой, немой, слепой, хромой, так что наконец ему стало нельзя жить на свете, он и умер; а затем и понадобился новый жилец, потому что нам без жильца жить нельзя: это с бабушкиным пенсионом почти весь наш доход. Новый жилец как нарочно был молодой человек, нездешний, заезжий. Так как он не торговался, то бабушка и пустила его, а потом и спрашивает: "Что, Настенька, наш жилец молодой или нет?" Я солгать не хотела: "Так, говорю, бабушка, не то чтоб совсем молодой, а так, не старик". "Ну, и приятной наружности?" — спрашивает бабушка.

Я опять лгать не хочу. "Да, приятной, говорю, наружности, бабушка!" А бабушка говорит: "Ах! наказанье, наказанье! Я это, внучка, тебе для того говорю, чтоб ты на него не засматривалась. Экой век какой! поди, такой мелкий жилец, а ведь тоже приятной наружности: не то в старину!"

А бабушке всё бы в старину! И моложе-то она была в старину, и солнце-то было в старину теплее, и сливки в старину не так скоро кисли — всё в старину! Вот я сижу и молчу, а про себя думаю: что же это бабушка сама меня надоумливает, спрашивает, хорош ли, молод ли жилец? Да только так, только подумала, и тут же стала опять петли считать, чулок вязать, а потом совсем позабыла.

Вот раз поутру к нам и приходит жилец, спросить о том, что ему комнату обещали обоями оклеить. Слово за слово, бабушка же болтлива, и говорит: "Сходи, Настенька, ко мне в спальню, принеси счеты". Я тотчас же вскочила, вся, не знаю отчего, покраснела, да и позабыла, что сижу пришпиленная; нет, чтоб тихонько отшпилить чтобы жилец не видал, — рванулась так, что бабушкино кресло поехало. Как я увидела, что жилец всё теперь узнал про меня, покраснела, стала на месте как вкопанная да вдруг и заплакала, — так стыдно и горько стало в эту минуту, что хоть на свет не глядеть! Бабушка кричит: "Что ж ты стоишь?" — а я еще пуще... Жилец, как увидел, увидел, что мне его стыдно стало, откланялся и тотчас ушел!

С тех пор я, чуть шум в сенях, как мертвая. Вот, думаю, жилец идет, да потихоньку на всякий случай и отшпилю булавку. Только всё был не он, не приходил. Про шло две недели; жилец и присылает сказать с Феклой что у него книг много французских и что всё хороши книги, так что можно читать; так не хочет ли бабушка чтоб я их ей почитала, чтоб не было скучно? Бабушка согласилась с благодарностью, только всё спрашивала нравственные книги или нет, потому что если книги безнравственные, так тебе, говорит, Настенька, читать никак нельзя, ты дурному научишься.

— А чему ж научусь, бабушка? Что там написано?

— А! говорит, описано в них, как молодые люди соблазняют благонравных девиц, как они, под предлогом того, что хотят их взять за себя, увозят их из дому родительского, как потом оставляют этих несчастных девиц на волю судьбы и они погибают самым плачевным образом. Я, говорит бабушка, много таких книжек читала, и всё, говорит, так прекрасно описано, что ночь сидишь, тихонько читаешь. Так ты, говорит, Настенька, смотри, их не прочти. Каких это, говорит, он книг прислал?

— А всё Вальтера Скотта романы, бабушка.

— Вальтера Скотта романы! А полно, нет ли тут каких-нибудь шашней? Посмотри-ка, не положил ли он в них какой-нибудь любовной записочки?

— Нет, говорю, бабушка, нет записки.

— Да ты под переплетом посмотри; они иногда в переплет запихают, разбойники!..

— Нет, бабушка, и под переплетом нет ничего.

— Ну то-то же!

Вот мы и начали читать Вальтер-Скотта и в какой-нибудь месяц почти половину прочли. Потом он еще и еще присылал.

Пушкина присылал, так что наконец я без книг и быть не могла и перестала думать, как бы выйти за китайского принца.

Так было дело, когда один раз мне случилось повстречаться с нашим жильцом на лестнице. Бабушка за чем-то послала меня. Он остановился, я покраснела, и он покраснел; однако засмеялся, поздоровался, о бабушкином здоровье спросил и говорит: "Что, вы книги прочли?" Я отвечала: "Прочла". "Что же, говорит, вам больше понравилось?" Я и говорю: ""Ивангое" да Пушкин больше всех понравились". На этот раз тем и кончилось.

Через неделю я ему опять попалась на лестнице. В этот раз бабушка не посылала, а мне самой надо было за чем-то. Был третий час, а жилец в это время домой приходил. "Здравствуйте!" — говорит. Я ему: "Здравствуйте!"

— А что, говорит, вам не скучно целый день сидеть вместе с бабушкой?

Как он это у меня спросил, я, уж не знаю отчего, покраснела, застыдилась, и опять мне стало обидно, видно оттого, что уж другие про это дело расспрашивать стали. Я уж было хотела не отвечать и уйти, да сил не было.

— Послушайте, говорит, вы добрая девушка! Извините, что я с вами так говорю, но, уверяю вас, я вам лучше бабушки вашей желаю добра. У вас подруг нет никаких, к которым бы можно было в гости пойти?

Я говорю, что никаких, что была одна, Машенька, да и та в Псков уехала.

— Послушайте, говорит, хотите со мною в театр поехать?

— В театр? как же бабушка-то?

— Да вы, говорит, тихонько от бабушки...

— Нет, говорю, я бабушку обманывать не хочу. Прощайте-с!

— Ну, прощайте, говорит, а сам ничего не сказал.

Только после обеда и приходит он к нам; сел, долго говорил с бабушкой, расспрашивал, что она, выезжает ли куда-нибудь, есть ли знакомые, — да вдруг и говорит: "А сегодня я было ложу взял в оперу; "Севильского цирюльника" дают, знакомые ехать хотели, да потом отказались, у меня и остался билет на руках".

— "Севильского цирюльника"! — закричала бабушка, — да это тот самый "Цирюльник", которого в старину давали?

— Да, говорит, это тот самый "Цирюльник", — да и взглянул на меня. А я уж всё поняла, покраснела, и у меня сердце от ожидания запрыгало!

— Да как же, говорит бабушка, как не знать. Я сама в старину на домашнем театре Розину играла!

— Так не хотите ли ехать сегодня? — сказал жилец. — меня билет пропадает же даром.

— Да, пожалуй, поедем, говорит бабушка, отчего же не поехать? А вот у меня Настенька в театре никогда не была.

Боже мой, какая радость! Тотчас же мы собрались, снарядились и поехали. Бабушка хоть и слепа, а все-таки ей хотелось музыку слушать, да, кроме того, она старушка добрая: больше меня потешить хотела, сами-то мы никогда бы не собрались. Уж какое было впечатление от "Севильского цирюльника", я вам не скажу, только во весь этот вечер жилец наш так хорошо смотрел на меня, так хорошо говорил, что я тотчас увидела, что он меня хотел испытать поутру, предложив, чтоб я одна с ним поехала. Ну, радость какая! Спать я легла такая гордая, такая веселая, так сердце билось, что сделалась маленькая лихорадка, и я всю ночь бредила о "Севильском цирюльнике".

Я думала, что после этого он всё будет заходить чаще и чаще, — не тут-то было. Он почти совсем перестал. Так, один раз в месяц, бывало, зайдет, и то только с тем, чтоб в театр пригласить. Раза два мы опять потом съездили. Только уж этим я была совсем недовольна. Я видела, что ему просто жалко было меня за то, что я у бабушки в таком загоне, а больше-то и ничего. Дальше и дальше, и нашло на меня: и сидеть-то я не сижу, и читать-то я не читаю, и работать не работаю, иногда смеюсь и бабушке что-нибудь назло делаю, другой раз просто плачу. Наконец, я похудела и чуть было не стала больна. Оперный сезон прошел, и жилец к нам совсем

111

перестал заходить; когда же мы встречались — всё на той же лестнице, разумеется, — он так молча поклонится, так серьезно, как будто и говорить не хочет, и уж сойдет совсем на крыльцо, а я всё еще стою на половине лестницы, красная как вишня, потому что у меня вся кровь начала бросаться в голову, когда я с ним повстречаюсь.

Теперь сейчас и конец. Ровно год тому, в мае месяце, жилец к нам приходит и говорит бабушке, что он выхлопотал здесь совсем свое дело и что должно ему опять уехать на год в Москву. Я, как услышала, побледнела и упала на стул как мертвая. Бабушка ничего не заметила, а он, объявив; что уезжает от нас, откланялся нам и ушел.

Что мне делать? Я думала-думала, тосковала-тосковала, да наконец и решилась. Завтра ему уезжать, а я порешила, что всё кончу вечером, когда бабушка уйдет спать. Так и случилось. Я навязала в узелок всё, что было платьев, сколько нужно белья, и с узелком в руках, ни жива ни мертва, пошла в мезонин к нашему жильцу. Думаю, я шла целый час по лестнице. Когда же отворила к нему, дверь, он так и вскрикнул, на меня глядя. Он думал, что я привидение, и бросился мне воды подать, потому что я едва стояла на ногах. Сердце так билось, что в голове больно было, и разум мой помутился. Когда же я очнулась, то начала прямо тем, что положила свой узелок к нему на постель, сама села подле, закрылась руками и заплакала в три ручья. Он, кажется, мигом всё понял и стоял передо мной бледный и так грустно глядел на меня, что во мне сердце надорвало.

— Послушайте, — начал он, — послушайте, Настенька, я ничего не могу; я человек бедный; у меня покамест нет ничего, даже места порядочного; как же мы будем жить, если б я и женился на вас?

Мы долго говорили, но я наконец пришла в исступление, сказала, что не могу жить у бабушки, что убегу от нее, что не хочу, чтоб меня булавкой пришпиливали, и что я, как он хочет, поеду с ним в Москву, потому что без него жить не могу. И стыд, и любовь, и гордость — всё разом говорило во мне, и я чуть не в судорогах упала на постель. Я так боялась отказа!

Он несколько минут сидел молча, потом встал, подошел ко мне и взял меня за руку.

— Послушайте, моя добрая, моя милая Настенька! — начал он тоже сквозь слезы, — послушайте. Клянусь вам, что если когда-нибудь я буду в состоянии жениться, то непременно вы составите мое счастие; уверяю, теперь только одни вы можете составить мое счастье. Слушайте: я еду в Москву и пробуду там ровно год. Я надеюсь устроить дела свои. Когда ворочусь, и если вы меня не разлюбите, клянусь вам, мы будем счастливы. Теперь ж невозможно, я не могу, я не вправе хоть что-нибудь обещать. Но, повторяю, если через год это не сделается, то хоть когда-нибудь непременно будет; разумеется — в том случае, если вы не предпочтете мне другого, потому что связывать вас каким-нибудь словом я не могу и не смею.

Вот что он сказал мне и назавтра уехал. Положено было сообща бабушке не говорить об этом ни слова. Так он захотел. Ну, вот теперь почти и кончена вся моя история. Прошел ровно год. Он приехал, он уж здесь целые три дня и, и...

— И что же? — закричал я в нетерпении услышать конец.

— И до сих пор не являлся! — отвечала Настенька, как будто собираясь с силами, — ни слуху ни духу...

Тут она остановилась, помолчала немного, опустила голову и вдруг, закрывшись руками, зарыдала так, что во мне сердце перевернулось от этих рыданий.

Я никак не ожидал подобной развязки.

— Настенька! — начал я робким и вкрадчивым голосом, — Настенька! ради бога, не плачьте! Почему вы знаете? может быть, его еще нет...

— Здесь, здесь! — подхватила Настенька. — Он здесь я это знаю. У нас было условие, тогда еще, в тот вечер накануне отъезда: когда уже мы сказали всё, что я вам пересказала, и условились, мы вышли сюда гулять, именно на эту набережную. Было десять часов; мы сидели на этой скамейке; я уже не плакала, мне было сладко слушать то, что он говорил... Он сказал, что тотчас же по приезде придет к нам и если я не откажусь от него, то мы скажем обо всем бабушке. Теперь он приехал, я это знаю, и его нет!

И она снова ударилась в слезы.

— Боже мой! Да разве никак нельзя помочь горю? — закричал я, вскочив со скамейки в совершенном отчаянии. — Скажите, Настенька, нельзя ли будет хоть мне сходить к нему?..

— Разве это возможно? — сказала она, вдруг подняв голову.

— Нет, разумеется, нет! — заметил я, спохватившись. — а вот что: напишите письмо.

— Нет, это невозможно, это нельзя! — отвечала она решительно, но уже потупив голову и не смотря на меня.

— Как нельзя? отчего ж нельзя? — продолжал я, ухватившись за свою идею. — Но, знаете, Настенька, какое письмо! Письмо письму рознь и... Ах, Настенька, это так! Вверьтесь мне, вверьтесь! Я вам не дам дурного совета. Всё это можно устроить! Вы же начали первый шаг — отчего же теперь...

— Нельзя, нельзя! Тогда я как будто навязываюсь...

— Ах, добренькая моя Настенька! — перебил я, не скрывая улыбки, — нет же, нет; вы, наконец, вправе, потому что он вам обещал. Да и по всему я вижу, что он человек деликатный, что он поступил хорошо, — продолжал я, всё более и более восторгаясь от логичности собственных доводов и убеждений, — он как поступил? Он себя связал обещанием. Он сказал, что ни на ком не женится, кроме вас, если только женится; вам же он оставил полную свободу хоть сейчас от него отказаться... В таком случае вы можете сделать первый шаг, вы имеете право, вы имеете перед ним преимущество, хотя бы, например, если б захотели развязать его от данного слова...

— Послушайте, вы как бы написали?

— Что?

— Да это письмо.

— Я бы вот как написал: "Милостивый государь..."

— Это так непременно нужно — милостивый государь?

— Непременно! Впрочем, отчего ж? я думаю...

— Ну, ну! дальше!

— "Милостивый государь! Извините, что я..." Впрочем, нет, не нужно никаких извинений! Тут самый факт всё оправдывает, пишите просто:

"Я пишу к вам. Простите мне мое нетерпение; но я целый год была счастлива надеждой; виновата ли я, что не могу теперь вынести и дня сомнения? Теперь, когда уже вы приехали, может быть, вы уже изменили свои намерения. Тогда это письмо скажет вам, что я не ропщу и не обвиняю вас. Я не обвиняю вас за то, что не властна над вашим сердцем; такова уж судьба моя!

Вы благородный человек. Вы не улыбнетесь и не подосадуете на мои нетерпеливые строки. Вспомните, что их пишет бедная девушка, что она одна, что некому ни научить ее, ни посоветовать ей и что она никогда не умела сама совладеть с своим сердцем. Но простите меня, что в мою душу хотя на один миг закралось сомнение. Вы не способны даже и мысленно обидеть ту, которая вас так *любила* и *любит*".

— Да, да! это точно так, как я думала! — закричала Настенька, и радость засияла в глазах ее. — О! вы разрешили мои сомнения, вас мне сам бог послал! Благодарю, благодарю вас!

— За что? за то, что меня бог послал? — отвечал я, глядя в восторге на ее радостное личико.

— Да, хоть за то.

— Ах, Настенька! Ведь благодарим же мы иных люде хоть за то, что они живут вместе с нами. Я благодарю вас за то, что вы мне встретились, за то, что целый век мой буду вас помнить!

— Ну, довольно, довольно! А теперь вот что, слушайте-ка: тогда было условие, что как только приедет он, та тотчас даст знать о себе тем, что оставит мне письмо в одном месте, у одних моих знакомых, добрых и просты людей, которые ничего об этом не знают; или если нельзя будет написать ко мне письма, затем что в письме не всегда всё расскажешь, то он в тот же день, как приедет, будет сюда ровно в десять часов, где мы и положили с ним встретиться. О приезде его я уже знаю; но вот уже третий день нет ни письма, ни его. Уйти мне от бабушки поутру никак нельзя. Отдайте письмо мое завтра вы сами тем добрым людям, о которых я вам говорила: они уже перешлют; а если будет ответ, то сами вы принесете его вечером в десять часов.

115

— Но письмо, письмо! Ведь прежде нужно письмо писать! Так разве послезавтра всё это будет.

— Письмо... — отвечала Настенька, немного смешавшись, — письмо... но...

Но она не договорила. Она сначала отвернула от меня свое личико, покраснела, как роза, и вдруг я почувствовал в моей руке письмо, по-видимому уже давно написанное, совсем приготовленное и запечатанное. Какое-то знакомое, милое, грациозное воспоминание пронеслось в моей голове!

— R,o — Ro, s,i — si, n,a — na, — начал я.

— Rosina! — запели мы оба, я, чуть не обнимая ее от восторга, она, покраснев, как только могла покраснеть, и смеясь сквозь слезы, которые, как жемчужинки, дрожали "а ее черных ресницах.

— Ну, довольно, довольно! Прощайте теперь! — сказала она скороговоркой. — Вот вам письмо, вот и адрес, куда снести его. Прощайте! до свидания! до завтра!

Она крепко сжала мне обе руки, кивнула головой и мелькнула, как стрелка, в свой переулок. Я долго стоял на месте, провожая ее глазами. "До завтра! до завтра!" — пронеслось в моей голове, когда она скрылась из глаз моих.

Ночь третья

Сегодня был день печальный, дождливый, без просвета, точно будущая старость моя. Меня теснят такие странные мысли, такие темные ощущения, такие еще неясные для меня вопросы толпятся в моей голове, — а как-то нет ни силы, ни хотения их разрешить. Не мне разрешить всё это!

Сегодня мы не увидимся. Вчера, когда мы прощались, облака стали заволакивать небо и подымался туман. Я сказал, что завтра будет дурной день; она не отвечала, она не хотела против себя говорить; для нее этот день и светел и ясен, и ни одна тучка не застелет ее счастия.

— Коли будет дождь, мы не увидимся! — сказала она. — Я не приду.

Я думал, что она и не заметила сегодняшнего дождя, а между тем не пришла.

Вчера было наше третье свиданье, наша третья белая ночь...

Однако, как радость и счастие делают человека прекрасным! как кипит сердце любовью! Кажется, хочешь излить всё свое сердце в другое сердце, хочешь, чтоб всё было весело, всё смеялось. И как заразительна эта радость! Вчера в ее словах было столько неги, столько доброты ко мне в сердце... Как она ухаживала за мной, как ласкалась ко мне, как ободряла и нежила — мое сердце! О, сколько кокетства от счастия! А я... Я принимал всё за чистую монету; я думал, что она...

Но, боже мой, как же мог я это думать? как же мог я быть так слеп, когда уже всё взято другим, всё не мое; когда, наконец, даже эта самая нежность ее, ее забота, ее любовь... да, любовь ко мне, — была не что иное, как радость о скором свидании с другим, желание навязать и мне свое счастие?.. Когда он не пришел, когда мы прождали напрасно, она же нахмурилась, она же заробела и струсила. Все движения ее, все слова ее уже стали не так легки, игривы и веселы. И, странное дело, — она удвоила ко мне свое внимание, как будто инстинктивно желая на меня излить то, чего сама желала себе, за что сама боялась, если б оно не сбылось. Моя Настенька так оробела, так перепугалась, что, кажется, поняла наконец, что люблю ее, и сжалилась над моей бедной любовью. Так, когда мы несчастны, мы сильнее чувствуем несчастие других; чувство не разбивается, а сосредоточивается...

Я пришел к ней с полным сердцем и едва дождался свидания. Я не предчувствовал того, что буду теперь ощущать, не предчувствовал, что всё это не так кончится. Она сияла радостью, она ожидала ответа. Ответ был он сам. Он должен был прийти, прибежать на ее зов. Она пришла раньше меня целым часом. Сначала она всему хохотала, всякому слову моему смеялась. Я начал было говорить и умолк.

— Знаете ли, отчего я так рада? — сказала она, — так рада на вас смотреть? так люблю вас сегодня?

— Ну? — спросил я, и сердце мое задрожало.

— Я оттого люблю вас, что вы не влюбились в меня. Ведь вот иной, на вашем месте, стал бы беспокоить, приставать, разохался бы, разболелся, а вы такой милый!

Тут она так сжала мою руку, что я чуть не закричал. Она засмеялась.

— Боже! какой вы друг! — начала она через минуту очень серьезно. — Да вас бог мне послал! Ну, что бы со мной было, если б вас со мной теперь не было? Какой вы бескорыстный! Как хорошо вы меня любите! Когда я выйду замуж, мы будем очень дружны, больше чем как братья. Я буду вас любить почти так, как его...

Мне стало как-то ужасно грустно в это мгновение; однако ж что-то похожее на смех зашевелилось в душе моей.

— Вы в припадке, — сказал я, — вы трусите; вы думаете, что он не придет.

— Бог с вами! — отвечала она, — если б я была меньше счастлива, я бы, кажется, заплакала от вашего неверия, от ваших упреков. Впрочем, вы меня навели на мысль и задали мне долгую думу; но я подумаю после, а теперь признаюсь вам, что правду вы говорите! Да! я как-то сама не своя; я как-то вся в ожидании и чувствую всё как-то слишком легко. Да полноте, оставим про чувства!..

В это время послышались шаги, и в темноте показался прохожий, который шел к нам навстречу. Мы оба задрожали; она чуть не вскрикнула. Я опустил ее руку и сделал жест, как будто хотел отойти. Но мы обманулись: это был не он.

— Чего вы боитесь? Зачем вы бросили мою руку? — сказала она, подавая мне ее опять. — Ну, что же? мы встретим его вместе. Я хочу, чтоб он видел, как мы любим друг друга.

— Как мы любим друг друга! — закричал я.

"О Настенька, Настенька!— подумал я, —как этим словом

ты много сказала! От этакой любви, Настенька, в иной час холодеет на сердце и становится тяжело на душе. Твоя рука холодная, моя горячая как огонь. Какая слепая ты, Настенька!.. О! как несносен счастливый человек в иную минуту! Но я не мог на тебя рассердиться!.."

Наконец сердце мое переполнилось.

— Послушайте, Настенька! — закричал я, — знаете ли, что со мной было весь день?

— Ну что, что такое? рассказывайте скорее! Что ж вы до сих пор всё молчали!

— Во-первых, Настенька, когда я исполнил все ваши комиссии, отдал письмо, был у ваших добрых людей, потом... потом я пришел домой и лег спать.

— Только-то? — перебила она засмеявшись.

— Да, почти только-то, — отвечал я скрепя сердце, потому что в глазах моих уже накипали глупые слезы. — Я проснулся за час до нашего свидания, но как будто и не спал. Не знаю, что было со мною. Я шел, чтоб вам это всё рассказать, как будто время для меня остановилось, как будто одно ощущение, одно чувство должно было остаться с этого времени во мне навечно, как будто одна минута должна была продолжаться целую вечность и словно вся жизнь остановилась для меня... Когда я проснулся, мне казалось, что какой-то музыкальный мотив, давно знакомый, где-то прежде слышанный, забытый и сладостный, теперь вспоминался мне. Мне казалось, что он всю жизнь просился из души моей, и только теперь...

— Ах, боже мой, боже мой! — перебила Настенька, — как же это всё так? Я не понимаю ни слова.

— Ах, Настенька! мне хотелось как-нибудь передать вам это странное впечатление... — начал я жалобным голо— сом, в котором скрывалась еще надежда, хотя весьма отдаленная.

— Полноте, перестаньте, полноте! — заговорила она, и в один миг она догадалась, плутовка!

Вдруг она сделалась как-то необыкновенно говорлива, весела, шаловлива. Она взяла меня под руку, смеялась, хотела, чтоб и я тоже смеялся, и каждое смущенное слово мое

119

отзывалось в ней таким звонким, таким долгим смехом... Я начинал сердиться, она вдруг пустилась кокетничать.

— Послушайте, — начала она, — а ведь мне немножко досадно, что вы не влюбились в меня. Разберите-ка после этого человека! Но все-таки, господин непреклонный, вы не можете не похвалить меня за то, что я такая простая. Я вам всё говорю, всё говорю, какая бы глупость ни промелькнула у меня в голове.

— Слушайте! Это одиннадцать часов, кажется? — сказал я, когда мерный звук колокола загудел с отдаленной городской башни. Она вдруг остановилась, перестала смеяться и начала считать.

— Да, одиннадцать, — сказала она наконец робким, нерешительным голосом.

Я тотчас же раскаялся, что напугал ее, заставил считать часы, и проклял себя за припадок злости. Мне стало за нее грустно, и я не знал, как искупить свое прегрешение. Я начал ее утешать, выискивать причины его отсутствия, подводить разные доводы, доказательства. Никого нельзя было легче обмануть, как ее в эту минуту, да и всякий в эту минуту как-то радостно выслушивает хоть какое бы то ни было утешение и рад-рад, коли есть хоть тень оправдания.

— Да и смешное дело, — начал я, всё более и более горячась и любуясь на необыкновенную ясность своих доказательств, — да и не мог он прийти; вы и меня обманули и завлекли, Настенька, так что я и времени счет потерял... Вы только подумайте: он едва мог получить письмо; положим, ему нельзя прийти, положим, он будет отвечать, так письмо придет не раньше как завтра. Я за ним завтра чем свет схожу и тотчас же дам знать. Предположите, наконец, тысячу вероятностей: ну, его не было дома, когда пришло письмо, и он, может быть, его и до сих пор не читал? Ведь всё может случиться.

— Да, да! — отвечала Настенька, — я и не подумала; конечно, всё может случиться, — продолжала она самым сговорчивым голосом, но в котором, как досадный диссонанс, слышалась какая-то другая, отдаленная мысль. — Вот что вы сделайте, — продолжала она, — вы идите завтра как можно раньше и, если получите что-нибудь, тотчас же дайте мне знать. Вы ведь знаете, где я живу? — И она начала повторять мне свой адрес.

Потом она вдруг стала так нежна, так робка со мною... Она, казалось, слушала внимательно, что я ей говорил; но когда я обратился к ней с каким-то вопросом, она (смолчала, смешалась и отворотила от меня головку. Я заглянул ей в глаза — так и есть: она плакала.

— Ну, можно ли, можно ли? Ах, какое вы дитя! Какое ребячество!.. Полноте!

Она попробовала улыбнуться, успокоиться, но подбородок ее дрожал и грудь всё еще колыхалась.

— Я думаю об вас, — сказала она мне после минутного молчания, — вы так добры, что я была бы каменная, если б не чувствовала этого. Знаете ли, что мне пришло теперь в голову? Я вас обоих сравнила. Зачем он — не вы? Зачем он не такой, как вы? Он хуже вас, хоть я и люблю его больше вас.

Я не отвечал ничего. Она, казалось, ждала, чтоб я сказал что-нибудь.

— Конечно, я, может быть, не совсем еще его понимаю, не совсем его знаю. Знаете, я как будто всегда боялась его; он всегда был такой серьезный, такой как будто гордый. Конечно, я знаю, что это он только смотрит так, что в сердце его больше, чем в моем, нежности... Я помню, как он посмотрел на меня тогда, как я, помните, пришла к нему с узелком; но все-таки я его как-то слишком уважаю, а ведь это как будто бы мы и неровня?

— Нет, Настенька, нет, — отвечал я, — это значит, что вы его больше всего на свете любите, и гораздо больше себя самой любите.

— Да, положим, что это так, — отвечала наивная Настенька, — но знаете ли, что мне пришло теперь в голову? Только я теперь не про него буду говорить, а так, вообще; мне уже давно всё это приходило в голову. Послушайте, зачем мы все не так, как бы братья с братьями? Зачем самый лучший человек всегда как будто что-то таит от другого и молчит от него? Зачем прямо, сейчас, не сказать что есть на сердце, коли знаешь, что не на ветер свое слово скажешь? А то всякий так смотрит, как будто он суровее, чем он есть на самом деле, как будто все боятся оскорбить свои чувства, коли очень скоро выкажут их...

— Ах, Настенька! правду вы говорите; да ведь это происходит от многих причин, — перебил я, сам более чем когда-нибудь в эту минуту стеснявший свои чувства.

— Нет, нет! — отвечала она с глубоким чувством. — Вот вы, например, не таков, как другие! Я, право, не знаю, как бы вам это рассказать, что я чувствую; но мне кажется, вы вот, например... хоть бы теперь... мне кажется, вы чем-то для меня жертвуете, — прибавила она робко, мельком взглянув на меня. — Вы меня простите, если я вам так говорю: я ведь простая девушка; я ведь мало еще видела на свете и, право, не умею иногда говорить, — прибавила она голосом, дрожащим от какого-то затаенного чувства, и стараясь между тем улыбнуться, — но мне только хотелось сказать вам, что я благодарна, что я тоже всё это чувствую... О, дай вам бог за это счастия! Вот то, что вы мне насказали тогда о вашем мечтателе, совершенно неправда то есть, я хочу сказать, совсем до вас не касается. Вы выздоравливаете, вы, право, совсем другой человек, чем как сами себя описали. Если вы когда-нибудь полюбите, то дай вам бог счастия с нею! А ей я ничего не желаю, потому что она будет счастлива с вами. Я знаю, я сама женщина и вы должны мне верить, если я вам так говорю...

Она замолкла и крепко пожала руку мне. Я тоже не мог ничего говорить от волнения. Прошло несколько минут.

— Да, видно, что он не придет сегодня! — сказала она наконец, подняв голову. — Поздно!..

— Он придет завтра, — сказал я самым уверительным и твердым голосом.

— Да, — прибавила она, развеселившись, — я сама теперь вижу, что он придет только завтра. Ну, так до свиданья! до завтра! Если будет дождь, я, может быть, не приду. Но послезавтра я приду, непременно приду, что со мной ни было; будьте здесь непременно; я хочу вас видеть, я вам всё расскажу.

И потом, когда мы прощались, она подала мне руку и сказала, ясно взглянув на меня:

— Ведь мы теперь навсегда вместе, не правда ли?

О! Настенька, Настенька! Если б ты знала, в каком я теперь одиночестве!

Когда пробило девять часов, я не мог усидеть в комнате, оделся и вышел, несмотря на ненастное время. Я был там, сидел на нашей скамейке. Я было пошел в их переулок, но мне стало стыдно, и я воротился, не взглянув на их окна, не дойдя двух шагов до их дома. Я пришел домой в такой тоске, в какой никогда не бывал. Какое сырое, скучное время! Если б была хорошая погода, я бы прогулял там всю ночь...

Но до завтра, до завтра! Завтра она мне всё расскажет.

Однако письма сегодня не было. Но, впрочем, так и должно было быть. Они уже вместе...

Ночь четвертая

Боже, как всё это кончилось! Чем всё это кончилось! Я пришел в девять часов. Она была уже там. Я еще издали заметил ее; она стояла, как тогда, в первый раз, облокотясь на перила набережной, и не слыхала, как я подошел к ней.

— Настенька! — окликнул я ее, через силу подавляя свое волнение.

Она быстро обернулась ко мне.

— Ну! — сказала она, — ну! поскорее!

Я смотрел на нее в недоумении.

— Ну, где же письмо? Вы принесли письмо? — повторила она, схватившись рукой за перила.

— Нет, у меня нет письма, — сказал я наконец, — разве он еще не был?

Она страшно побледнела и долгое время смотрела на меня неподвижно. Я разбил последнюю ее надежду.

— Ну, бог с ним! — проговорила она наконец прерывающимся голосом, — бог с ним, — если он так оставляет меня.

Она опустила глаза, потом хотела взглянуть на меня, но не могла. Еще несколько минут она пересиливала свое волнение, но вдруг отворотилась, облокотясь на балюстраду набережной, и залилась слезами.

— Полноте, полноте! — заговорил было я, но у меня сил недостало продолжать, на нее глядя, да и что бы я стал говорить?

— Не утешайте меня, — говорила она плача, — не говорите про него, не говорите, что он придет, что он не бросил меня так жестоко, так бесчеловечно, как он это сделал. За что, за что? Неужели что-нибудь было в моем письме, в этом несчастном письме?..

Тут рыдания пресекли ее голос; у меня сердце разрывалось, на нее глядя.

— О, как это бесчеловечно-жестоко! — начала она снова. — И ни строчки, ни строчки! Хоть бы отвечал, что я не нужна ему, что он отвергает меня; а то ни одной строчки в целые три дня! Как легко ему оскорбить, обидеть, бедную, беззащитную девушку, которая тем и виновата, что любит его! О, сколько я вытерпела в эти три дня! Боже мой! Боже мой! Как вспомню, что я пришла к нему в первый раз сама, что я перед ним унижалась, плакала, что я вымаливала у него хоть каплю любви... И после этого!.. Послушайте, — заговорила она, обращаясь ко мне, и черные глазки ее засверкали, — да это не так! Это не может быть так; это ненатурально! Или вы, или я обманулись; может быть, он письма не получал? Может быть, он до сих пор ничего не знает? Как же можно, судите сами, скажите мне, ради бога, объясните мне, — я этого не могу понять, — как можно так варварски грубо поступить, как он

124

поступил со мною! Ни одного слова! Но к последнему человеку на свете бывают сострадательнее. Может быть, он что-нибудь слышал, может быть, кто-нибудь ему насказал обо мне? — закричала она, обратившись ко мне с вопросом. — Как, как вы думаете?

— Слушайте, Настенька, я пойду завтра к нему от вашего имени.

— Ну!

— Я спрошу его обо всем, расскажу ему всё.

— Ну, ну!

— Вы напишите письмо. Не говорите нет, Настенька, не говорите нет! Я заставлю его уважать ваш поступок, он всё узнает, и если...

— Нет, мой друг, нет, — перебила она. — Довольно! Больше ни слова, ни одного слова от меня, ни строчки — довольно! Я его не знаю, я не люблю его больше, я его по...за...буду...

Она не договорила.

— Успокойтесь, успокойтесь! Сядьте здесь, Настенька, — сказал я, усаживая ее на скамейку.

— Да я спокойна. Полноте! Это так! Это слезы, это просохнет! Что вы думаете, что я сгублю себя, что я утоплюсь?..

Сердце мое было полно; я хотел было заговорить, но не мог.

— Слушайте! —продолжала она, взяв меня за руку, — скажите: вы бы не так поступили? вы бы не бросили той, которая бы сама к вам пришла, вы бы не бросили ей в глаза бесстыдной насмешки над ее слабым, глупым сердцем? Вы поберегли бы ее? Вы бы представили себе, что она была одна, что она не умела усмотреть за собой, что она не умела себя уберечь от любви к вам, что она не виновата, что она, наконец, не виновата... что она ничего не сделала!.. О, боже мой, боже мой!..

— Настенька! — закричал я наконец, не будучи в силах преодолеть свое волнение, — Настенька! вы терзаете меня! Вы язвите сердце мое, вы убиваете меня, Настенька! Я не могу молчать! Я должен наконец говорить, высказать, что у меня накипело тут, в сердце...

Говоря это, я привстал со скамейки. Она взяла меня за руку и смотрела на меня в удивлении.

— Что с вами? — проговорила она наконец.

— Слушайте! — сказал я решительно. — Слушайте меня, Настенька! Что я буду теперь говорить, всё вздор, всё несбыточно, всё глупо! Я знаю, что этого никогда не может случиться, но не могу же я молчать. Именем того, чем вы теперь страдаете, заранее молю вас, простите меня!..

— Ну, что, что?-говорила она, перестав плакать и пристально смотря на меня, тогда как странное любопытство блистало в ее удивленных глазках, — что с вами?

— Это несбыточно, но я вас люблю, Настенька! вот что! Ну, теперь всё сказано! — сказал я, махнув рукой. — Теперь вы увидите, можете ли вы так говорить со мной, как сейчас говорили, можете ли вы, наконец, слушать то, что я буду вам говорить...

— Ну, что ж, что же? — перебила Настенька, — что ж из этого? Ну, я давно знала, что вы меня любите, но только мне всё казалось, что вы меня так, просто, как-нибудь любите... Ах, боже мой, боже мой!

— Сначала было просто, Настенька, а теперь, теперь... я точно так же, как вы, когда вы пришли к нему тогда с вашим узелком. Хуже, чем как вы, Настенька, потому что он тогда никого не любил, а вы любите.

— Что это вы мне говорите! Я, наконец, вас совсем не понимаю. Но послушайте, зачем же это, то есть не зачем, а почему же это вы так, и так вдруг... Боже! я говорю глупости! Но вы...

И Настенька совершенно смешалась. Щеки ее вспыхнули; она опустила глаза.

— Что ж делать, Настенька, что ж мне делать? я виноват, я употребил во зло... Но нет же, нет, не виноват я, Настенька; я это слышу, чувствую, потому что мое сердце мне говорит, что я прав, потому что я вас ничем не могу обидеть, ничем оскорбить! Я был друг ваш; ну, вот я и теперь друг; я ничему не изменял. Вот у меня Теперь слезы текут, Настенька. Пусть их текут, пусть текут— они никому не мешают. Они высохнут, Настенька...

— Да сядьте же, сядьте, — сказала она, сажая меня на скамейку. — ох, боже мой!

— Нет! Настенька, я не сяду; я уже более не могу быть здесь, вы уже меня более не можете видеть; я всё скажу и уйду. Я только хочу сказать, что вы бы никогда не узнали, что я вас люблю. Я бы схоронил свою тайну. Я бы не стал вас терзать теперь, в эту минуту, моим эгоизмом. Нет! но я не мог теперь вытерпеть; вы сами заговорили об этом, вы виноваты, вы во всем виноваты, а я не виноват. Вы не можете прогнать меня от себя...

— Да нет же, нет, я не оттоняю вас, нет! — говорила Настенька, скрывая, как только могла, свое смущение, бедненькая.

— Вы меня не гоните? нет! а я было сам хотел бежать от вас. Я и уйду, только я всё скажу сначала, потому что, когда вы здесь говорили, я не мог усидеть, когда вы здесь плакали, когда вы терзались оттого, ну, оттого (уж я на зову это, Настенька), оттого, что вас отвергают, оттого, что оттолкнули вашу любовь, я почувствовал, я услышал, что в моем сердце столько любви для вас, Настенька, столько любви!.. И мне стало так горько, что я не могу помочь вам этой любовью... что сердце разорвалось, и я, я — не мог молчать, я должен был говорить, Настенька, я должен был говорить!..

— Да, да! говорите мне, говорите со мною так! — сказала Настенька с неизъяснимым движением. — Вам, может быть, странно, что я с вами так говорю, но... говорите! я вам после скажу! я вам всё расскажу!

— Вам жаль меня, Настенька; вам просто жаль меня, дружочек мой! Уж что пропало, то пропало! уж что сказано, того не воротишь! Не так ли? Ну, так вы теперь знаете всё. Ну, вот это точка отправления. Ну, хорошо! теперь всё это прекрасно; только послушайте. Когда вы сидели и плакали, я про себя думал (ох, дайте мне сказать, что я думал!), я думал, что (ну, уж конечно, этого не может быть, Настенька), я думал, что вы... я думал, что вы как-нибудь там... ну, совершенно посторонним каким-нибудь образом, уж больше его не любите. Тогда, — я это и вчера и третьего дня уже думал, Настенька, — тогда я бы сделал так, я бы непременно сделал так, что вы бы меня полюбили: ведь вы сказали, ведь вы сами говорили, Настенька, что вы меня уже почти совсем полюбили. Ну, что ж дальше? Ну, вот почти и всё, что я хотел сказать; остается только сказать, что бы тогда было, если б вы меня полюбили, только это, больше ничего! Послушайте же, друг мой, — потому что вы все-таки мой друг, — я, конечно, человек простой, бедный, такой незначительный, только не в том дело (я как-то всё не про то говорю, это от смущения, Настенька), а только я бы вас так любил, так любил, что если б вы еще и любили его и продолжали любить того, которого я не знаю, то все-таки не заметили бы, что моя любовь как-нибудь там для вас тяжела. Вы бы только слышали, вы бы только чувствовали каждую минуту, что подле вас бьется благодарное, благодарное сердце, горячее сердце, которое за вас... Ох, Настенька, Настенька! что вы со мной сделали!..

— Не плачьте же, я не хочу, чтоб вы плакали, — сказала Настенька, быстро вставая со скамейки, — пойдемте, встаньте, пойдемте со мной, не плачьте же, не плачьте, — говорила она, утирая мои слезы своим платком, — ну, пойдемте теперь; я вам, может быть, скажу что-нибудь... Да, уж коли теперь он оставил меня, коль он позабыл меня, хотя я еще и люблю его (не хочу вас обманывать)... но, послушайте, отвечайте мне. Если б я, например, вас полюбила, то есть если б я только... Ох, друг мой, друг мой! как я подумаю, как подумаю, что я вас оскорбляла тогда, что смеялась над вашей любовью, когда вас хвалила за то, что вы не влюбились!.. О, боже! да как же я этого не предвидела, как я не предвидела, как я была так глупа, но... ну, ну, я решилась, я всё скажу...

— Послушайте, Настенька, знаете что? я уйду от вас, вот что! Просто я вас только мучаю. Вот у вас теперь угрызения совести за то, что вы насмехались, а я не хочу, Да, не хочу, чтоб вы, кроме вашего горя... я, конечно, виноват, Настенька, но прощайте!

— Стойте, выслушайте меня: вы можете ждать?

— Чего ждать, как?

— Я его люблю; но это пройдет, это должно пройти это не может не пройти; уж проходит, я слышу... Почем знать, может быть, сегодня же кончится, потому что я его ненавижу, потому что он надо мной насмеялся, тогда как вы плакали здесь вместе со мною, потому что вы не отвергли бы меня, как он, потому что вы любите, а он не любил меня, потому что я вас, наконец, люблю сама... да, люблю! люблю, как вы меня любите; я же ведь сама еще прежде вам это сказала, вы сами слышали, — потому люблю, что вы лучше его, потому, что вы благороднее его, потому, потому, потому, что он...

Волнение бедняжки было так сильно, что она не докончила, положила свою голову мне на плечо, потом на грудь и горько заплакала. Я утешал, уговаривал ее, но она не могла перестать; она всё жала мне руку и говорила между рыданьями: "Подождите, подождите; вот я сейчас! перестану! Я вам хочу сказать... вы не думайте, чтоб эти слезы, — это так, от слабости, подождите, пока пройдет..." Наконец она перестала, отерла слезы, и мы снова пошли. Я было хотел говорить, но она долго еще всё просила меня подождать. Мы замолчали... Наконец она собралась с духом и начала говорить...

— Вот что, — начала она слабым и дрожащим голосом, но в котором вдруг зазвенело что-то такое, что вонзилось мне прямо в сердце и сладко заныло в нем, — не думайте, что я так непостоянна и ветрена, не думайте, что я могу так легко и скоро позабыть и изменить... Я целый год его любила и богом клянусь, что никогда, никогда даже мыслью не была ему неверна. Он презрел это; он насмеялся надо мною, —бог с ним! Но он уязвил меня и оскорбил мое сердце. Я — я не люблю его, потому что я могу любить только то, что великодушно, что понимает меня, что благородно; потому что я сама такова, и он недостоин меня, — ну, бог с ним! Он лучше сделал, чем когда бы я потом обманулась в своих ожиданиях и узнала, кто он таков... Ну, кончено! Но почем знать, добрый друг мой, — продолжала она, пожимая мне руку, — почем знать, может быть, и вся любовь моя была обман чувств, воображения, может быть, началась она шалостью, пустяками, оттого, что я была под надзором у бабушки? Может быть, я должна любить другого, а не его, не такого человека, другого, который пожалел бы меня и, и... Ну, оставим, оставим это, — перебила Настенька, задыхаясь от волнения, — я вам только хотела сказать... я вам хотела сказать, что если, несмотря на то что я люблю его (нет, любила его), если, несмотря на то, вы еще скажете... если вы чувствуете, что ваша любовь так велика, что может наконец вытеснить из Moего сердца прежнюю... если вы захотите сжалиться надо мною, если вы не захотите меня оставить одну в моей судьбе, без утешения, без надежды, если вы захотите любить меня всегда, как теперь меня любите, то клянусь, что благодарность... что любовь моя будет наконец достойна вашей любви... Возьмете ли вы теперь мою руку?

— Настенька, — закричал я, задыхаясь от рыданий, — Настенька!.. О Настенька!..

— Ну, довольно, довольно! ну, теперь совершенно довольно! — заговорила она, едва пересиливая себя, — ну, теперь уже всё сказано; не правда ли? так? Ну, и вы счастливы, и я счастлива; ни слова же об этом больше; подождите; пощадите меня... Говорите о чем-нибудь другом, ради бога!..

— Да, Настенька, да! довольно об этом, теперь я счастлив, я... Ну, Настенька, ну, заговорим о другом, поскорее, поскорее заговорим; да! я готов...

И мы не знали, что говорить, мы смеялись, мы плакали, мы говорили тысячи слов без связи и мысли; мы то ходили по тротуару, то вдруг возвращались назад и пускались переходить через улицу; потом останавливались и опять переходили на набережную; мы были как дети...

— Я теперь живу один, Настенька, — заговорил я, — а завтра... Ну, конечно, я, знаете, Настенька, беден, у меня всего тысяча двести, но это ничего...

— Разумеется, нет, а у бабушки пенсион; так она нас не стеснит. Нужно взять бабушку.

— Конечно, нужно взять бабушку... Только вот Матрена...

— Ах, да и у нас тоже Фекла!

— Матрена добрая, только один недостаток: у ней нет воображения, Настенька, совершенно никакого воображения; но это ничего!..

— Всё равно; они обе могут быть вместе; только вы завтра к нам переезжайте.

— Как это? к вам! Хорошо, я готов...

— Да, вы наймите у нас. У нас там, наверху, мезонин; он пустой; жилица была, старушка, дворянка, она съехала. и бабушка, я знаю, хочет молодого человека пустить; я говорю: "Зачем же молодого человека?" А она говорит: "Да так, я уже стара, а только ты не подумай, Настенька, что я за него тебя хочу замуж сосватать". Я и догадалась, что это для того...

— Ах, Настенька!..

И оба мы засмеялись.

— Ну, полноте же, полноте. А где же вы живете? я и забыла.

— Там, у —ского моста, в доме Баранникова.

— Это такой большой дом?

— Да, такой большой дом.

— Ах, знаю, хороший дом; только вы, знаете, бросьте его и переезжайте к нам поскорее...

— Завтра же, Настенька, завтра же; я там немножко должен за квартиру, да это ничего... Я получу скоро жалованье...

— А знаете, я, может быть, буду уроки давать; сама выучусь и буду давать уроки...

— Ну вот и прекрасно... а я скоро награждение получу, Настенька...

— Так вот вы завтра и будете мой жилец...

— Да, и мы поедем в "Севильского цирюльника", потому что его теперь опять дадут скоро.

— Да, поедем, — сказала смеясь Настенька, — нет, лучше мы будем слушать не "Цирюльника", а что-нибудь другое...

— Ну хорошо, что-нибудь другое; конечно, это будет лучше, а то я не подумал...

Говоря это, мы ходили оба как будто в чаду, в тумане, как будто сами не знали, что с нами делается. То останавливались и долго разговаривали на одном месте, то опять пускались ходить и заходили бог знает куда, и опять смех, опять слезы... То Настенька вдруг захочет домой, я не смею удерживать и захочу проводить ее до самого дома; мы пускаемся в путь и вдруг через четверть часа находим себя на набережной у нашей скамейки. То она вздохнет, и снова слезинка набежит на глаза; я оробею, похолодею... Но она тут же жмет мою руку и тащит меня снова ходить, болтать, говорить...

— Пора теперь, пора мне домой; я думаю, очень поздно, — сказала наконец Настенька, — полно нам так ребячиться!

— Да, Настенька, только уж я теперь не засну; я домой не пойду.

— Я тоже, кажется, не засну; только вы проводите меня...

— Непременно!

— Но уж теперь мы непременно дойдем до квартиры.

— Непременно, непременно...

— Честное слово?.. потому что ведь нужно же когда-нибудь воротиться домой!

— Честное слово, — отвечал я смеясь...

— Ну, пойдемте!

— Пойдемте.

— Посмотрите на небо, Настенька, посмотрите! Завтра будет чудесный день; какое голубое небо, какая луна! Посмотрите: вот это желтое облако теперь застилает её, смотрите, смотрите!.. Нет, оно прошло мимо. Смотрите же, смотрите!..

Но Настенька не смотрела на облако, она стояла молча. как вкопанная; через минуту она стала как-то робко, тесно прижиматься ко мне. Рука ее задрожала в моей руке; я поглядел на нее... Она оперлась на меня еще сильнее.

В эту минуту мимо нас прошел молодой человек. Он вдруг остановился, пристально посмотрел на нас и потом опять сделал несколько шагов. Сердце во мне задрожало...

— Настенька, — сказал я вполголоса, — кто это, Настенька?

— Это он! — отвечала она шепотом, еще ближе, еще трепетнее прижимаясь ко мне... Я едва устоял на ногах.

— Настенька! Настенька! это ты! — послышался голос за нами, и в ту же минуту молодой человек сделал к нам несколько шагов.

Боже, какой крик! как она вздрогнула! как она вырвалась из рук моих и порхнула к нему навстречу!.. Я стоял и смотрел на них как убитый. Но она едва подала ему руку, едва бросилась в его объятия, как вдруг снова обернулась ко мне, очутилась подле меня, как ветер, как молния, и, прежде чем успел я опомниться, обхватила мою шею обеими руками и крепко, горячо поцеловала меня. Потом, не сказав мне ни слова, бросилась снова к нему, взяла его за руки и повлекла его за собою.

Я долго стоял и глядел им вслед... Наконец оба они исчезли из глаз моих.

Утро

Мои ночи кончились утром. День был нехороший. Шел дождь и уныло стучал в мои стекла; в комнатке было темно, на дворе пасмурно. Голова у меня болела и кружилась; лихорадка прокрадывалась по моим членам.

— Письмо к тебе, батюшка, по городской почте, почтарь принес, — проговорила надо мною Матрена.

— Письмо! кого? — закричал я, вскакивая со стула.

— А не ведаю, батюшка, посмотри, может, там и написано от кого.

Я сломал печать. Это от нее!

"О, простите, простите меня! — писала мне Настенька, —

на коленях умоляю вас, простите меня! Я обманула и вас и себя. Эта был сон, призрак... Я изныла за вас сегодня; простите, простите меня!..

Не обвиняйте меня, потому что я ни в чем не изменилась пред вами; я сказала, что буду любить вас, я и теперь вас люблю, больше чем люблю. О боже! если б я могла любить вас обоих разом! О, если б вы были он!"

"О, если б он были вы!" — пролетело в моей голове. Я вспомнил твои же слова, Настенька!

"Бог видит, что бы я теперь для вас сделала! Я знаю, что вам тяжело и грустно. Я оскорбила вас, но вы знаете — коли любишь, долго ли помнишь обиду. А вы меня любите!

Благодарю! да! благодарю вас за эту любовь. Потому что в памяти моей она напечатлелась, как сладкий сон, который долго помнишь после пробуждения; потому что я вечно буду помнить тот миг, когда вы так братски открыли мне свое сердце и так великодушно приняли в дар мое, убитое, чтоб его беречь, лелеять, вылечить его... Если вы простите меня, то память об вас будет возвышена во мне вечным, благодарным чувством к вам, которое никогда не изгладится из души моей... Я буду хранить эту память, буду ей верна, не изменю ей, не изменю своему сердцу: оно слишком постоянно. Оно еще вчера так скоро воротилось к тому, которому принадлежало навеки.

Мы встретимся, вы придете к нам, вы нас не оставите, вы будете вечно другом, братом моим... И когда вы увидите меня, вы подадите мне руку, да? вы подадите мне ее, вы простили меня, не правда ли? Вы меня любите по-прежнему?

О, любите меня, не оставляйте меня, потому что я вас так люблю в эту минуту, потому что я достойна любви вашей, потому что я заслужу ее... друг мой милый! На будущей неделе я выхожу за него. Он воротился влюбленный, он никогда не забывал обо мне... Вы не рассердитесь за то, что я о нем написала. Но я хочу прийти к вам вместе с ним; вы его полюбите, не правда ли?..

Простите же, помните и любите вашу
Настеньку".

Я долго перечитывал это письмо; слезы просились из глаз моих. Наконец оно выпало у меня из рук, и я закрыл лицо.

— Касатик! а касатик! — начала Матрена.

— Что, старуха?

— А паутину-то я всю с потолка сняла; теперь хоть женись, гостей созывай, так в ту ж пору...

Я посмотрел на Матрену... Это была еще бодрая, молодая старуха, но, не знаю отчего, вдруг она представилась мне с потухшим взглядом, с морщинами на лице, согбенная, дряхлая... Не знаю отчего, мне вдруг представилось, что комната моя постарела так же, как и старуха. Стены и полы облиняли, всё потускнело; паутины развелось еще больше. Не знаю отчего, когда я взглянул в окно, мне показалось, что дом, стоявший напротив, тоже одряхлел и потускнел в свою очередь, что штукатурка на колоннах облупилась и осыпалась, что карнизы почернели и растрескались и стены из темно-желтого яркого цвета стали пегие...

Или луч солнца, внезапно выглянув из-за тучи, опять спрятался под дождевое облако, и всё опять потускнело в глазах моих; или, может быть, передо мною мелькнула так неприветно и грустно вся перспектива моего будущего, и я увидел себя таким, как я теперь, ровно через пятнадцать лет, постаревшим, в той же комнате, так ж одиноким, с той же Матреной, которая нисколько не поумнела за все эти годы.

Но чтоб я помнил обиду мою, Настенька! Чтоб я нагнал темное облако на твое ясное, безмятежное счастие, чтоб я, горько упрекнув, нагнал тоску на твое сердце, уязвил его тайным угрызением и заставил его тоскливо биться в минуту блаженства, чтоб я измял хоть один из этих нежных цветков, которые ты вплела в свои черные кудри, когда пошла вместе с ним к алтарю... О, никогда, никогда! Да будет ясно твое небо, да будет светла и безмятежна милая улыбка твоя, да будешь ты благословенна за минуту блаженства и счастия, которое ты дала другому, одинокому, благодарному сердцу!

Боже мой! Целая минута блаженства! Да разве этого мало хоть бы и на всю жизнь человеческую?..

www.ingramcontent.com/pod-product-compliance
Lightning Source LLC
Chambersburg PA
CBHW010810250626
47156CB00010B/3062